처음이라는
도파민

처음 이라는

도
파
민

무모하고 맹렬한
모든 처음에 관한
이야기

김의경
김하율
조영주
정해연

미디어스블루

차례

첫 키스처럼
조심스럽게

김의경

수학 선생이 미적분 문제를 푸는 동안 하림의 머릿속에는 새하얀 생크림케이크가 떠올랐다. 혀를 감싸던 생크림의 달콤하면서도 고소한 맛을 떠올리자 혀 밑에 침이 고였다. 하림은 키스는 생크림과 맛이 비슷할 거라고 생각했다.

여름 방학식 날, 하림은 하굣길에 유영을 포함해 최근 친해진 친구들과 함께 아파트 단지 내에 있는 카페에 들어가 조각 케이크가 진열된 유리장 앞에 나란히 섰다. 친구들은 살이 찌면 안 된다면서 허브티 넉 잔과 조각 케이크 두 개를 사서 나눠 먹자고 했다.

4인용 식탁에 앉아 아이돌과 남자아이들 이야기를 하다가 다은이 스키장 이야기를 꺼냈다. 유영이 하림에게 말했다.

"아참, 하림이 너도 같이 갈래?"

효미가 허브티를 한 모금 마시며 말했다.

"우리는 여름방학 때 홍천에 있는 리조트에 가거든. 1학년 때부터 매해 셋이서 거기 스키장으로 2박 3일 다녀왔어."

"좋겠다. 그런데 여름에 스키장에 간다고?"

유영이 치즈케이크를 포크로 조금 잘라 입에 넣으며 말했다.

"여름에는 거기서 물놀이를 할 수 있어. 곤돌라도 탈 수 있고. 작년에도 워터 파크 갔었는데 정말 재밌었어."

다은과 효미는 유영과 같은 아파트에 살았고 1학년 때도 유영과 같은 반이었다. 엄마들끼리도 친하다고 들었다. 친구와 스키장 같은 곳에 놀러간 경험이 없는 하림은 효미와 다은이 부러웠다. 그동안은 세 사람의 부모님들이 번갈아 가며 동행했지만 이번엔 유영의 사촌 언니가 인솔해서 가기로 한 모양이었다. 국가대표 다이빙선수라는, 텔레비전에도 가끔 나오는 유영의 사촌 언니와 함께 물놀이를 하러 간다니.

"나도 갈래. 가고 싶어."

하림은 엄마에게 허락받기도 전에 자신도 가겠다고 약속해버렸다.

미리 예상했지만 엄마는 외박은 절대로 안 된다고 했고 하림은 맨홀에 갇힌 고양이가 된 것처럼 커다란 절망에 빠졌다. 2학년 때도 같은 아파트 단지에 사는 친구들과 근처 찜질방에서 외박을 할 기회가 있었다. 친구 엄마한 명이 동행하기로 했고 하림은 난생 처음 친구들과 함께 잘 수 있는 기회가 생겼다는 생각에 가슴이 두근거렸다. 하림의 단식투쟁으로 엄마는 마지못해 허락했지만하루 전에 말을 바꿨다. 극단적인 상황까지 생각하는 버릇이 있는 엄마는 찜질방에 이상한 사람이 올지도 모르니까 안 된다고 했다.

"성범죄자까지는 아니어도 찜질방에선 여기저기서 젊은 커플들이 부둥켜안고 있는데 애들이 뭘 배우겠어? 자기가 낳은 애가 아니어서 그런가. 하여튼 그 애 엄마 정신에 문제가 있어."

한밤중에 엄마와 이모의 전화 통화를 엿들은 하림은 분노가 치밀었다. 엄마는 스피커폰으로 전화를 하는 버릇이 있었는데 그럼 언니도 같이 가면 되지 않느냐는 이모의 말에 코웃음 치며 답했다.

"난 그런 여자하고 어울리기 싫어."

그런 여자? 지민의 엄마가 새엄마이기 때문일까. 아니면 지민 엄마가 결혼을 한 상태에서 오래전 사별한 지민의 아빠와 바람을 피워 재혼했기 때문일까. (먼저 바람을 피운 건 새엄마의 전남편이었다.) 어쨌거나 지민이 엄마는 정신에 문제가 없었다. 지민이 엄마와는 최소한 말이 통했다. 아줌마는 친딸이 아니어도 늘 지민의 말에 귀 기울였다. 아줌마는 엄마처럼 윽박지르거나 아이들의 의견을 무시하지 않았다.

하림이 괜히 단짝이 없는 게 아니었다. 역사는 밤에 이루어진다. 우정의 역사 또한 예외가 아니었다. 지민은 찜질방에서 친구들과 외박을 한 뒤 다른 단짝이 생겼고 하림은 학기가 끝날 때까지 그 아이들 사이에 어중간하게 끼어 다녀야 했다. 지민을 탓할 수도 없었다. 지민에게 하림보다 더 소중한 친구가 생겼을 뿐이었다.

친구들과 밤을 보내는 건 의미 있는 사건이었다. 밤새
도록 아무도 자지 않을 것이다. 흘러내리는 눈꺼풀을 들
어 올리며 친구의 입술 움직임을 한 번이라도 더 눈에 담
을 것이다. 홍천에서 얼마나 많은 이야기가 오갈까. 하림
은 그 자리에 있고 싶었다. 친구들과 함께.

누군가 강의실에서 나오는 하림의 어깨를 툭 치며 지
나갔다.

"너도 혹시 끌려왔냐?"

정민우였다. 거만하고 말을 함부로 해서 하림이 싫어
하는 민우. 하림은 아무 말 없이 어깨를 한번 으쓱해 보
였다. 하림도 동의했으니 끌려왔다는 말은 어폐가 있었
다. 하지만 '영어 캠프' 정도를 생각했던 하림은 방학을
통째로 '초등 의대반'에 바쳐야 한다는 것이 꺼림칙했다.
민우가 껌을 씹으며 말했다.

"야, 송하림. 너 밤에 뭐하길래 그렇게 조냐?"

민우와 항상 함께 다니기 때문에 역시 하림이 싫어하
는 형진도 혀를 내밀며 놀렸다.

"너 혹시 야동……?"

하림은 비웃는 표정으로 말했다.

"꺼져."

남자애들은 총 맞는 시늉을 하면서 멀어졌다. 저 애들을 볼 때마다 하림은 신기했다. 저렇게 덜떨어진 애들이 영재라니. 저 애들은 멍청한데도 공부는 잘한다. 공부 기계라고 해야 할 것이다. AI 같은 게 아닐까 생각하다가 고개를 저었다. 그렇다면 누군가를 괴롭히고 놀리면서 즐거워하진 않을 것이다. 심하게 괴롭히는 건 아니었다. 의대반 아이들은 누군가를 괴롭힐 시간마저도 없었다.

"무슨 일 있어?"

언제 왔는지 순호가 하림의 뒤에 서 있었다. 늦게까지 공부를 했는지 눈이 충혈된 순호가 주머니에서 껌을 꺼내 입에 넣으며 말했다.

"너 오늘 수업 하나도 안 듣더라."

하림이 대꾸하지 않자 순호가 또 질문을 했다.

"야, 의사도 노동자지?"

하림이 순호를 힐끔 쳐다본 뒤 말했다.

"그럼. 의사도 일을 하잖아."

"모든 노동자는 파업할 수 있는 권리가 있는 거잖아. 그런데 왜 사람들이 의사들을 욕하는 거지?"

하림이 고개를 갸우뚱하며 말했다.

"의사는 생명을 다루니까. 의사가 파업하면 사람이 죽을 수도 있어. 생명보다 중요한 건 없잖아."

순호가 풍선껌으로 풍선을 불며 말했다.

"의사가 파업하면 생명을 경시하는 거네?"

하림은 이마를 찌푸리며 답변을 생각해보려 했지만 갑자기 밀려오는 두통에 손을 저으며 말했다.

"그만하자. 머리 아파."

그 순간 순호의 풍선이 터졌다. 하림은 의대에 갈 자신이 없었으므로 그런 생각은 의사가 된 다음에 하고 싶었다. 순호는 어깨를 으쓱하더니 내일 보자면서 손을 흔들며 지나갔다.

순호는 학원에서 그나마 사람 같은 아이였다. 이름처럼 평소에는 순하지만 공부할 때는 호랑이처럼 맹렬했다. 순호에게는 하얀 가운이 잘 어울릴 것 같았다. 순호는 분명

의사가 될 것이다. 의학 드라마에 나오는 멋진 외과의사
가. 정의로우면서도 환자의 죽음 앞에서 동요하는 의사.
그리고 그 슬픔에서 금세 벗어나 다음 수술에 들어가는
고도로 훈련된, 타고난 외과의사.

하림은 의학 드라마를 볼 때마다 자신은 어떤 의사가
될까 상상해보곤 했는데 아무리 애를 써도 상상조차 되
지 않았다. 하림은 병원이라는 장소를 떠올리기만 해도
우울해서 우연히 병원을 지나치면 그곳에서 벗어나기 위
해 빠르게 걸을 정도였다.

엘리베이터를 타고 밑으로 내려가 건물 밖으로 나간
하림의 눈에 철제 벤치에 앉아 있는 순호가 들어왔다. 순
호 엄마가 웬일일까. 그녀는 일분일초가 아깝다는 듯 대
기하고 있다가 순호를 태워 사라지곤 했다. 하림이 순호
옆에 앉으며 말했다.

"어차피 난 곧 잘릴 거야. 의대반 입학 테스트도 겨우
통과했어. 오늘 수업 무슨 소린지 전혀 모르겠더라. 넌 꼭
의사 돼라."

순호가 피식 웃으며 말했다.

"의사? 너 혹시 우리가 처음 만난 곳이 어디였는지 기억나냐?"

하림은 머리카락을 쓸어 올리며 기억을 더듬었다. 하림과 순호가 처음 만난 곳은 아파트 상가에 입점한 소아과 병원이었다. 주사를 맞은 순호는 엉덩이를 문지르며 울고 있었다. 뺨 위로 흘러내린 눈물이 마르기도 전에 간호사 언니가 손에 쥐여준 사탕 껍질을 벗겨 입에 넣고 빨면서 웃는 순호는 한심해 보였다. 그게 벌써 5년 전이었다. 그러니까 다섯 살 무렵으로 순호가 이사 온 지 며칠 되지 않은 때였다. 엄마와 순호 엄마는 우연히 말을 섞었다가 같은 동에 산다는 이유로 그 자리에서 연락처를 주고받았다.

순호가 입안에 있던 껌을 종이에 뱉으며 말했다.

"나는 세상에서 병원이 제일 싫어. 내 목표는 사는 동안 최대한 병원에 안 가는 거야."

같은 아파트에 사는 아이들이 초등 의대반에 다니는 것이 못마땅한 건 어린이집 시절의 그 애들을 기억하기 때문일지도 모른다. 하림은 어린이집에서 팬티에 똥이나 싸던 코흘리개들이 나중에 의사가 된다는 것을 상상할 수 없었다. 이제 막 지어진 신축 아파트에서 함께 자라 어린이집부터 영어유치원까지 함께 다닌 아이들은 서로가 지긋지긋하면서도 동지애는 갖고 있었다. 전우애라고 해야 할까.

대치동 학원가에서는 아파트 영재들과 자주 마주쳤다. 하림은 그 애들에게 뒤처지고 싶지 않았으므로 이 악물고 다녔다. 하지만 의대반을 다니면서도 알 수 없었다. 나는 정말 의사가 되고 싶은 걸까? 하림은 의사가 된 자신을 상상하기 힘들었다. 의사 가운을 걸치고 병원을 거닐며 진료를 보는 자신의 모습은 우스꽝스러울 것 같았다.

물론 당장 눈앞에 닥친 문제는 그런 게 아니라 엄마가 운전하는 차를 타야 한다는 것이었다. 엄마 말에 따르면 지금 살고 있는 아파트의 장점은 단 하나였다. 초등학교가 단지 내에 있는 '초품아'라는 것. 하지만 학원가가 집 앞에 형성돼 있지 않아서 엄마들이 학원까지 아이들을 태워다주는 '라이딩'을 해야 했다.

이모 말에 따르면 아빠는 학원가 바로 앞에 있는 구축

아파트로 가자고 했지만 눈앞의 이익만 볼 줄 아는 엄마가 신축 아파트를 고집했다. 가보지 않았다면 모를까. 신축 아파트에 먼저 입주한 친구 집에 집들이를 다녀온 엄마는 30년이나 된 낡은 아파트에 들어갈 자신이 없었다. 덕분에 하림도 엄마와 함께 어릴 때 신축 아파트의 장점을 누리며 편하게 살았지만, 그 대가로 엄마가 운전하는 차를 타고 학원에 다녀야 하는 위기에 처한 셈이었다. 더구나 이젠 신축 아파트도 아니었다.

지난해, 엄마는 친할머니의 권유로 운전면허를 땄다. 사실은 강요에 가까웠다. 심각한 길치에 방향치인 엄마는 애초에 운전에 관심이 없었다. 운전대를 잡았다가는 교통사고를 내고 여생을 감옥에서 살게 될 거라고 생각했다. 그만큼 운전이 두려웠다. 그런 하림의 엄마가 백기를 들었으니 친할머니는 대단한 분이었다.

"너 운전 못 한다면서? 당장 면허부터 따라."

엄마가 우물대자 할머니가 호통을 쳤다.

"딸내미 라이딩도 안 해줄 거니? 라이딩은 이 나라 엄마가 자식에게 해줄 수 있는 최소한의 것이야."

엄마는 순순히 눈을 내리깔았다.

"어차피 라이딩 할 거 대치동으로 가라."

엄마가 슬며시 눈을 들었다.

"대치동요? 어머니 이 동네도 괜찮아요. 하연이도 동네 학원 잘 다니고 있어요. 가더라도 중학생 때……."

할머니의 눈썹이 치켜 올라갔다.

하림의 친할머니인 임영림 여사는 4남매를 모두 의대에 보낸 자부심으로 사는 분이었다. 또한 서울대 의대가 아니라는 것이 천추의 한인 분이었으므로 하림은 서울대 의대에 진학해서 할머니의 한을 풀어줘야 하는 막대한 의무를 떠맡은 셈이었다. 할머니는 몸이 약한 하연이는 어쩔 수 없지만 하림이는 반드시 의사를 만들라고 했다. 학원비를 전액 할머니가 대주신다는 말에 엄마는 못 이기는 척 수긍했다. 대치동 학원 진출은 중학교 때부터라고 생각했던 엄마는 투덜대면서도 할머니의 간섭을 반기는 눈치였다.

그날 저녁 엄마는 이모에게 자랑하듯이 이렇게 말했다.

"어머니가 양반은 양반이야. 결혼할 때는 돈 한 푼 안

보태주셔서 짠순이라고 생각했는데 교육에는 안 아끼셔. 혹시 아니? 하림이 중학교 갈 때쯤 대치동에 집 한 채 해 주실지."

할머니는 사치와 게으름을 싫어하셨으므로 엄마는 할머니가 집에 오는 날엔 평소에는 입지 않는 얌전한 옷을 입고 거울에 비친 자신을 들여다봤다. 관심이라고는 애들 교육밖에 없는 학부모 분위기를 내느라 고심하는 표정이었다. 옷을 세 번이나 갈아입고 명품 가방은 보이지 않는 곳으로 치운 다음 손이 많이 가는 한식 요리를 준비했다.

엄마는 남들이 한두 달이면 따는 운전면허를 다섯 달만에 겨우 땄고, 처음 자신의 차를 몰고 나간 날 전봇대를 들이박았다. 비가 안 와도 와이퍼를 작동시켰으며 하이빔을 켠 채로 달리다가 다른 차 주인에게 지적을 당하기도 했다. 문콕은 기본이었으므로 시동을 끄고 나서도 방심하면 안 되었다. 아직도 운전이 능숙하다고 할 수는 없었다. 솔직히 능숙해지는 때가 올지 걱정이었다.

검은색 SUV가 도착하자 순호가 자리에서 일어나며

말했다.

"먼저 갈게."

하림은 차 문이 열릴 때 슬쩍 안을 들여다봤지만 빨리 닫히는 바람에 아무것도 보지 못했다. 학원 친구들 사이에서는 저 대형 SUV 차량 안에 특수 책상이 설치되어 있다는 소문이 돌았다. 그래도 순호네 아빠는 방학마다 차에 가족들을 태우고 캠핑을 갔다. 설마 순호는 캠핑장에서도 공부하는 건 아니겠지?

3년 전만 해도 하림의 엄마는 순호, 민우, 형진 엄마와 사이가 좋았다. 한 명 더 있다. 어릴 때 미국에서 살다 와서 영어를 잘하는 미라의 엄마까지. 다섯 엄마는 절친처럼 붙어 다녔다. 사실 엄마들은 친해질 수밖에 없었다. 사우나, 어린이집, 키즈카페, 헬스장, 도서관까지 아파트 안에 갖춰져 있다 보니 단지 밖으로 나갈 일이 별로 없었고 자주 마주치다 보니 자연스럽게 친해졌다. 사우나에서 다 같이 속살까지 본 마당에 숨길 것도 없었다. 나중에는 서로 집에 방문하며 언니, 동생 하며 지냈다. 다 같이 영어유치원에 다녔고 번갈아 아이들을 실어 나르다

보니 집안 사정을 훤히 아는 사이가 되었다. 그런데 어느 날부터인가 이상할 정도로 서먹해졌다. 전에 없이 서로 깍듯하게 존댓말을 했다. 이상한 일이었다. 예의를 갖추는데도 서로를 무시하는 게 느껴졌다.

이모의 추측은 다음과 같았다.

"네 엄마가 말실수를 한 거 같더라. 다른 엄마들한테 세상에서 의사보다 가치 있는 직업은 없다고 한 모양이야. 사업가, 회계사, 변호사…… 내로라하는 직업을 가진 사람들한테. 네 엄마 나도 약사라고 무시하잖아."

이모는 분명 이렇게 덧붙이고 싶었을 거다. 집에서 노는 주제에. 친구 엄마들 중에 전업주부는 엄마밖에 없었다. 엄마는 집에서 노는 주제에 남의 직업을 비하하는 사람이 되었다. 그나마 엄마하고 친했던 미라 엄마가 대치동으로 이사 간 이후로 엄마는 은따를 당했다. 하림은 자신이 사교적이지 못한 것은 엄마에게 물려받은 것일지도 모른다고 생각하면서도 자식을 의대 보내는 것이 목표인 사람들이 왜 엄마의 말에 그토록 화가 났는지 이해하기 힘들었다.

엄마가 학원에 도착한 건 순호가 떠난 지 10분이나 지나서였다. 뒷좌석에 올라탄 하림에게 엄마가 말했다.

"우리 딸 많이 기다렸지? 내비가 이상한 데로 안내를 해서."

하림은 퉁명스럽게 답했다.

"순호보다 10분 공부 못 했으니 의대 가긴 글렀어."

"엄마는 놀 거 다 놀고도 공부 잘했어."

놀 거 다 놀았다고? 쳇, 이모가 아니라고 하던데. 엄마는 지는 걸 싫어해서 책이 너덜너덜해질 때까지 공부했다고 들었다. 화장실에서도 책을 읽어서 변비에 자주 걸렸다고 한다. 그렇게 공부해서 의사가 되진 못했지만 의사 사모님이 된 엄마는 행복할까.

"어머, 잘못 들어갈 뻔했다."

엄마가 안도의 한숨을 내쉬며 말했다. 이 길을 수도 없이 다녔는데 아직도 못 외운 건가. 하림은 엄마가 신기할 뿐이었다. 엄마가 핸드백에서 알약을 꺼내 물과 함께 삼키며 말했다.

"지금도 힘든데 겨울엔 어쩌지. 미라 엄마가 그러는데

눈이 오면 길도 모두 막히고 꼬리 물기 한대. 화장실도 못 가고 어떡하니. 생각만 해도 끔찍하다."

요즘 엄마는 툭하면 작은엄마가 운영하는 정신과 병원에 가서 항우울제를 처방받았다. 기분이 심하게 다운될 때 먹으면 기분이 좋아진다고 했다. 가끔 하림은 엄마의 알약을 훔쳐 먹었다. 3학년이 된 이후로 가슴이 갑갑했다. 종종 땅이 꺼질 것 같은 기분에 사로잡혔다. 혹시 심장의 문제일까. 하림은 무얼 해도 심장이 뛰지 않았다. 꽃을 봐도 설레지 않았고 동물원에 가도 지루했으며 만화책을 봐도 신나지 않았다. 흉부외과 의사인 아빠에게 물어보면 되겠지만 아빠는 대화는커녕 얼굴 보기도 힘든 사람이었다.

심장이 다시 뛰기 시작한 건 남자친구가 생긴 이후였다. 하림의 남자친구가 아니라 유영의 남자친구였다. 유영은 진욱과 데이트를 할 때마다 친구들에게 상세히 이야기해줬는데 유영과 진욱이 가까워질수록 하림의 심장 박동은 거세어졌다. 진욱은 하림의 이상형은 아니었지만 반에서 가장 잘생긴 남자애였고 하림은 자신도 모르는 새 유영이 되어 이야기에 몰입했다. 두 사람은 하굣길에 자연스럽게 손을 잡았고 사귄 지 한 달 되던 날 피시방에서 진욱이 유영의 손등에 키스했다. 소녀들은 '손등'이라는 말에 전율했다. 진욱은 그런 걸 대체 어디서 배운 걸까. 다른 남자애가 했다면 분명 오글거렸을 것이다. 하지만 콧날이 오뚝하고 눈이 가느다란 진욱이 손등에 키스하는 모습을 상상한 순간, 하림의 심장은 몸 밖으로 튀어나올 것처럼 두근거렸다. 그다음은 '이마'였는데 유영이 진욱에게 이마를 허락한 건 놀이터 그네 위에서였다. 두 사람은 나란히 앉아 그네를 타다가 멈췄고 진욱이 그네에서 내려 옆 그네에 앉은 유영에게 다가왔다. 진욱은 묵찌빠를 하자고 했다. 진 사람이 이마에 딱밤을 맞는 게임이었다. 연속으로 두 번 유영이 이겼고, 유영은 누구에게나 그렇듯이 가차 없이 세게 딱밤을 때렸다. 진욱의 이마가 붉게 달아올랐다. 진욱의 얼굴에 짧게 분노가 스쳤고, 다시 묵찌빠를 했다. 진욱이 빠를, 유영은 묵을 냈다. 진욱의 얼굴에 짓궂은 미소가 떠올랐다. 유영은 눈을 질끈 감으며 진욱의 딱밤을 기다렸다. 그 순간 하림은 딱밤을 기다리는 유영이 되어 함께 긴장한 탓에 눈에 눈물이 고였다.

눈을 질끈 감은 유영의 이마에 닿은 건 진욱의 손톱이 아니었다. 말캉말캉한 입술이었다. 3초. 유영은 3초쯤 되었다고 했다. 하나둘셋. 3초 동안 하림의 심장은 아홉 번쯤 빠르게 뛰었다.

대시보드에 놓인 엄마의 핸드폰에서 유튜브 방송이 흘러나왔다. 엄마는 집에서도 자주 보는 운전 연수 유튜브를 시청하고 있었다. 느끼하게 생긴 아저씨가 초보 운전자를 자신의 차에 태우고 운전을 가르치는 방송인데 집에서도 보다 보니 아저씨가 삼촌처럼 친근하게 느껴졌다. 하림은 운전학원을 다닌 적은 없지만 학교 운동장에서 운전을 해보고 싶었다. 차체의 흔들림을 최소화해서 운동장을 서너 바퀴 부드럽고 빠르게 돌 자신이 있었다.

엄마는 뜻밖에도 운전에 흥미를 느끼는 것 같았다. 차가 많이 다니지 않는 새벽 시간에 운전 연습을 하고 틈틈이 운전에 대한 영상을 돌려보는 것을 보면 그랬다. 재미를 느낀다는 것 자체가 바로 재능이야. 엄마를 보면 아빠 말이 틀렸다는 걸 알 수 있었다. 하림이 보기에 엄마는 운전에 재미를 느끼지만 재능은 코딱지만큼도 없었다.

엄마는 집에서 학원까지 오가는 길을 외워서 라이딩을 하고 있었지만 면허를 딴 것이 믿기지 않을 정도로 운전에 서툴렀다. 하림은 지금 당장 운전대를 잡아도 엄마보다는 잘할 자신이 있었다. 하림은 매일 목숨 걸고 차에 오르는 셈이었다. 운전에 대해 아무것도 모르는 언니는 엄마 차에 타면 좋아했지만 집에 굴러다니는 운전면허 시험 문제집과 유튜브 등을 통해서 이론상으로 운전에 빠삭한 하림은 가슴이 조마조마했다. 의대고 뭐고 들어가 보지도 못하고 세상 하직하는 것 아닌가 걱정이 될 정도였다.

"길 잘못 들었잖아."

"어머, 정말!"

쯧, 내비게이션을 달고도 헤매다니. 운전면허를 딴 것 자체가 기적이었다. 엄마가 룸미러로 하림을 보며 말했다.

"오늘 수업 어땠어?"

"어떻긴 뭐가. 그냥 듣는 거지. 아무 생각 없이."

"그래. 그거야. 머리 싹 비우고 공부하는 거야."

엄마가 늘 하는 소리였다. 내가 왜 여기서 이러고 있나 고민해봤자 머리만 아플 뿐이라고 했다.

"엄마는 네가 부러워. 공부만 해도 된다니 얼마나 좋아. 엄마가 너라면 의대 정도는 쉽게 들어갈 거야. 부모님이 다른 애들 반만 지원해줬어도……."

하림은 이제 엄마의 하소연은 외울 수 있을 정도로 귀에 익었다. 엄마는 살면서 후회되는 것 한 가지가 의대에 못 간 것이라고 했다. 학창 시절 엄마는 가난이 싫어서 악착같이 공부했다. 엄마의 성적은 상위권이었고 담임 선생님도 엄마가 의대에 합격할 거라고 장담했다. 하지만 수학능력시험 당일 몸살이 나는 바람에 실력 발휘를 제대로 하지 못해서 의대에는 지원할 수 없었다. 집안 사정이 좋지 않아서 재수는 고려할 수 없었으므로 사범대에 원서를 냈고 합격했다. 애초에 교사가 될 생각이 없었으므로 아이들을 낳고 집에 눌러앉은 것에 대한 후회는 없지만 직업을 가졌다면 어땠을까 하는 생각을 가끔 한다고 했다. 그럴 때마다 학부모 민원으로 우울증을 얻어 퇴

직을 고민 중인 엄마의 대학 친구 민영 아줌마 이야기를 하면서 그때 그만두길 잘한 건지도 모른다고 했다. 하지만 하림의 선생님이 엄마를 무척이나 신경 쓰는 걸 보면 모르긴 몰라도 엄마는 진상 학부모가 분명했다.

물론 이모의 말은 엄마의 이야기와는 완전히 달랐다.

"고1 때만 해도 성적이 좋았는데 고2 때부터 성적이 떨어졌어. 여전히 상위권이었지만 의대는 무리였어. 네 엄마 지고는 못 사는 성격인데 수능 성적이 주변의 기대에 못 미칠 것 같으니까 몸이 아픈 척을 한 거야. 그게 아니라면 스스로 아프다고 최면을 걸어서 아팠을걸. 네 엄마는 그러고도 남아."

하림의 생각에도 이모의 이야기가 좀 더 신빙성이 있는 것 같았지만 엄마가 어린 시절 가난하게 자란 건 사실이었다.

강남 8학군에서 학창 시절을 보낸 엄마는 초등학교 때 비닐하우스에서 살았다. 8학군에는 교육열이 넘치는 맹모들이 우르르 몰려들어 엄마가 다니던 초등학교는 콩나물시루처럼 학생이 넘쳐났다. 같은 반 친구들 중에는 아파트에 사는 아이들이 많았는데 선생님은 반 아이들에게 쌀을 조금씩 가져오라고 한 다음 친구들이 보는 앞에서 엄마에게 건네줬다. 부유한 가정의 아이들이 보는 앞에서 말이다. 엄마는 그게 너무나 자존심이 상했다. 그 순간 엄마는 생쌀을 입에 처넣은 채로 숨이 막혀 죽어버리고 싶었다.

"깜빡이 안 켰잖아."

엄마가 좌측 깜빡이를 켜며 말했다.

"넌 어떻게 운전에 대해 그렇게 잘 아니? 아빠 닮았나 보다."

아빠도 운전에 재능이 있는 것 같진 않았다. 아빠는 종종 난폭하게 운전했다. 급할 때는 신호도 무시하고 달렸다. 매너남의 말에 의하면 아무리 운전을 잘해도 난폭하게 할 거면 운전대를 잡지 않는 게 나았다. 본인이 죽는 건 인과응보지만 다른 사람의 생명까지 빼앗아가기 때문이라고 했다. 하지만 아빠는 죽어가는 사람을 살리는 사람이니 쌤쌤인 건가.

엄마는 차선 변경을 하지 못해 쩔쩔맸다. 옆 차가 엄마를 위해 속도를 낮췄는데도 들어가지 못했다. 한 박자 늦게 들어가자 클랙슨이 울렸고 하림이 소리쳤다.

"정신 차려, 정신! 운이 나빴으면 벌써 죽었어."

"어휴, 깜짝이야."

그 순간 뒤차가 엄마 차를 추월했다. 운전석에 앉은 남자가 고개를 돌려 엄마를 노려보며 지나갔다. 엄마가 룸미러로 하림과 눈을 맞추며 말했다.

"쌤, 오셨어요? 매너남이 차에 탄 줄 알았네."

직설적인 말투가 매너남의 인기 요인이었다. 비슷한 성격의 다른 운전 연수 채널의 경우 대체로 깍듯하게 운전자를 다루었지만, 매너남의 경우 운전의 기본을 지키지 않거나 위험하게 운전했을 경우 천둥번개 효과음과 함께 반말로 벼락같은 불호령을 날렸다. 정신 차려, 정신! 실전이었으면 벌써 죽었어. 매너남에겐 그게 바로 매너인 것이다. 도로 위에서 정신을 차리는 것.

"엄마 앞에 봐. 자꾸 차가 오른쪽으로 쏠리잖아. 멀리보고 오른쪽 다리가 차선 중앙에 오도록 맞춰. 정신 차려, 제발."

"너 정말 매너남하고 똑같다. 말투까지 어쩜 그리 흉내를 잘 내니?"

엄마는 기가 막힌다는 듯이 웃으며 늘 하던 말을 덧붙였다.

"우리 딸 의대만 붙어봐. 벤츠 사줄 테니까."

엄마가 하품을 하면서 차선을 변경하는 동안 하림은 또 한 번 가슴을 쓸어내렸다. 조금만 빨리 바꿨으면 부딪칠 뻔했다. 위험을 느끼지 못한다는 것이 바로 엄마의 문제였다. 엄마는 집에서도, 차 안에서도 늘 운전 관련 영상을 켜놓았다. 그 영상을 함께 보다 보니 하림도 자연스럽게 운전하는 법을 알게 되었다. 곁눈질로 배운 하림도 아는 것을 엄마는 알지 못했고 알더라도 실전에서 적용하지 못했다.

"운전에 대한 두려움을 줄이려면 공부해서 운전에 대해 잘 알아야 해. 알면 두려움이 줄어들잖아. 두려움은 긍정적으로 받아들이고 관리하는 거래."

"누가 그래?"

"매너남이 그랬잖아. 이 차 안에서 같이 들어놓고는."

매너남의 말은 틀릴지도 모른다. 사실 하림은 두려웠다. 공부를 하면 할수록 수업을 들으면 들을수록 학원에 다니면 다닐수록 의대에 갈 수 있다는 자신감이 생기는 게 아니라 공부는 너무나 힘들고 끔찍하게 지겨운 것이라는 생각이 강해졌다. 의대는 너무 멀리 있어서 잠을 줄이며 아무리 열심히 공부해도 절대로 들어갈 수 없을 것 같았다. 도무지 알아들을 수 없는 수업과, 너무 어려워서 현기증이 나는 시험지를 앞에 두고 하림은 매일 벌벌 떨었다.

방학 동안 하림은 이른 아침부터 뺑뺑 돌면서 수업을 받다가 밤 10시에 학원을 마치고 돌아와서도 새벽 1시까지 공부해야 했다. 하림은 가방에서 핸드폰을 꺼내 운전게임 앱에 접속했다. 3학년이 된 이후로 하림에게 허용된 놀이라고는 엄마의 차를 타고 학원으로 가는 중에, 혹은 학원가에서 대기하는 동안 하는 운전게임뿐이었다. 엄마도 그걸 알기 때문에 웬만하면 눈감아주었다. 수학, 코딩, 영어 학원에서 배우는 공부보다는 어깨너머로 배운 운전이 재미있어서 핸드폰에 운전게임 앱을 깔아놓고 수업

사이사이, 쉬는 시간마다 틈틈이 했다. 게임 속에서 주차 연습도 하고 도로에도 나가보고 트럭과 버스를 몰다 보면 차가 막힐 때도 시간이 빠르게 흘렀다.

"엄마, 설마 조는 거 아니지? 신호 바뀌었잖아."

엄마가 눈을 부릅뜨고 성급히 액셀을 밟으며 말했다.

"내가? 그냥 눈 감고 쉰 거야. 어제 새벽 2시에 잤거든. 너네 언니는 옆에 누가 앉아 있어야 공부를 하잖아."

언니 공부는 핑계였다. 엄마의 취미는 새벽까지 친구와 전화 통화 하기였으므로 늘 졸린 상태였다. 엄마의 스트레스를 이해하지 못하는 건 아니었다. 엄마도 하림과 같이 의대반을 다니는 것이나 마찬가지였다.

지난해 크리스마스 즈음이었을 것이다. 화난 얼굴로 집에 들어온 아빠가 엄마에게 말했다. 잘 안 맞아도 엄마들하고 친하게 지내고 그래. 그날 아빠는 퇴근길에 아빠와 같은 병원에 다니는 동료 의사를 통해서 같은 아파트에 사는 언니 또래 아이들이 팀을 이뤄 1년 전부터 그룹과외를 했다는 것을 알게 되었다. 벌써 고2 과정까지 훑었다더라. 아빠는 엄마의 '튀는' 성격과 자식 교육에 대한

'무관심'을 걸고넘어졌고 엄마는 그 애들의 엄마들에게 큰 배신감을 느낀 것 같았다. 방 안을 이리저리 활보하다가 이모에게 전화를 걸어 그들을 욕했다. 솔직히 언니가 의대에 진학하는 것은 힘들어 보였다. 언니는 어릴 때는 영재였지만 최근에 불안장애 증상을 보였고 더 이상 의대를 목표로 공부하지 않겠다고 선언했다. 부모님은 고민하다가 미술학원에 보냈는데 언니는 그림에도 별다른 흥미가 없어 보였다.

잠잠해진 엄마 아빠를 부추긴 건 때마침 날아온 뉴스였다. 27년 만에 의대 증원. 내년부터 정원을 2천 명이나 늘린다는 소식에 온 동네가 들썩였다. 아파트 입주민 카페에서도 온통 그 이야기였다. 엄마는 옆 테이블에 앉은 맹모들의 대화를 듣지 않는 척하면서 귀를 세우곤 했다. 엄마는 사촌 언니를 명문대 의대에 보낸 큰엄마를 만나고 온 이후로 뭔가에 홀린 것처럼 투지를 불태우더니 초등 의대반을 알아봤다. 부모님은 잔병치레가 잦고 변덕이 심한 하연보다 끈기 있고 온순한 하림에게 온갖 희망과 기대를 쏟아부었고, 하림은 말없이 따랐다. 하지만 하림은 누군가 압박붕대로 자신의 가슴을 동여매기라도 한 것처럼 숨이 막혔다.

하림은 언니보다 공부를 잘하지 못했다. 하지만 입학이 어렵다는 영어유치원 레벨 테스트를 통과한 걸 보면 어학에 재능이 있는 것 같았다. 초등학교 입학 전만 해도 하림의 공부는 영어교육에 맞춰져 있었다. 놀이식 유치원이라서 크게 힘들지 않았고 좋아하는 수영 교실도 다녔으므로 숨이 막힐 정도는 아니었다. 하지만 초등학교에 들어가면서 수학 과외가 늘어났고 언젠가부터 따라가기 힘들었다. 하림은 무슨 수를 써도 수학에 재미를 붙이기가 힘들었는데 의대에 가려면 수학 고득점은 필수였으므로 그 말을 부모님께 할 순 없었다.

"게임할 시간에 영어단어 하나라도 더 외워."

엄마의 말에 하림은 핸드폰을 내려놓고 차창 밖을 내다봤다. 의대에 가려면 앞으로 9년 반을 이렇게 차 안에서 보내야 한다. 여유롭게 차창 밖을 한번 내다볼 새도 없이. 그 순간 핸드폰 화면에 문자가 떠올랐다.

송하림, 정말 못 가는 거야?

하림은 자세를 고쳐 앉았다. 유영이었다. 1학기 내내 붙어 다닌 유영. 모두가 친해지고 싶어 하는, 성격 좋고 못하는 게 없는 유영. 게다가 예쁘기까지 한. 억지로 털털한 척해서 어색해 보이는 게 아닌, 그냥 그 자체로 빛나는 유영. 유영은 하림이 가장 좋아하는 친구였다. 유영이 아니었다면 다른 애들과도 친해질 수 없었을 거다. 송하림, 너 아침에 닭가슴살 먹고 왔지? 닭가슴살 다이어트를 해서 이렇게 마른 거라며? 이렇게 놀리던 아이들도 유영이 피식 웃으며 "유딩이냐? 이름 갖고 놀리게" 한마디 하면 멋쩍은 듯 입을 다물고 핸드폰을 들여다봤다. 유영과 친하다는 이유만으로 다른 아이들에게 인정받을 수 있었다. 등굣길에서 하림을 모른 척하던 아이들이 하림의 옆에 나란히 서서 말을 걸었다. 학원 승합차에 올라탈 때마다 느껴지던 한기가 따스해졌다. 그러니까 냉동실에서 냉장실로 바꿔 탄 기분이었다. 투명인간 취급하던 애들이 하림에게 앉으라고 가방을 치워주기도 했다. 공부만 잘하던 찐따에서 평범한 아이로 승격한 셈이었다. 유영과 다니면 늘 그랬다. 유영에게로 향하는 아이들의 시선이 유영의 곁에 있는 하림에게도 따스하게 퍼졌다.

　그리고 단톡방. 유영의 초대로 하림에게도 단톡방 입
장권이 생겼다. 하림은 단톡방에 들어가기 전에 한참을
망설였다. 2학년 때 단톡방 왕따를 당한 적이 있어서 두
려웠다. 하림이 들어간 순간 10명이 넘는 아이들이 동시
에 나가버린 순간이 떠오르자 진저리가 났다. 괜찮아, 유
영이 있으니까. 용기를 내서 핸드폰을 터치한 순간, 단톡
방이 열렸다. 안녕, 하고 하림이 인사를 건네자 모두들 기
다렸다는 듯이 문자를 보냈다.

　송하림, 뭐 하다 이제 왔어? 기다렸잖아.

　하림아, 우리 내일 학교 끝나고 맥도날드 갈 건데 같
이 갈래?

　하림은 자연스럽게 무리에 편입되었다. 유영이 없었다
면 상상도 할 수 없는 일이었다. 3학년이 되어 처음으로
친구가 생긴 셈이었다. 전에도 같이 등하교하는 애들은
있었지만 진짜 친구 같다고 느껴진 친구는 없었다. 물론
유영은 하림만의 유영은 아니었다. 모두가 유영을 좋아했
으니까. 하림은 유영의 일부라도 나눠 갖고 싶었다. 그래

서 2박 3일로 리조트에 가지 못하는 것이 서운하다 못해 억울했다.

방학식 날, 카페 창가 자리에서 머리카락에 햇살을 머금은 유영이 하림의 귓가에 대고 말했다.

"네가 오면 진짜 멋진 밤이 될 거야. 밤새도록 잠이 오지 않을 정도로 재밌는 이야기를 해줄게."

"몬스터도 없이?"

유영이 웃으며 말했다.

"에너지음료 필요 없어. 내 이야기를 들으면 정신이 번쩍 날 테니까."

"대체 뭔데?"

"19금이야."

"19금?"

유영이 잠시 숨을 멈추었다가 답했다.

"나 키스했어."

유영이 말하는 키스는 볼이나 이마에 하는 입맞춤을 뜻하는 게 아니었다. 하림의 머릿속에서는 이미 유영과 진욱이 마주 앉아 서로에게 다가가고 있었다. 자석처럼.

그 순간 하림은 야한 생각을 하는 것이 성조숙증의 원인일 수 있다는 유튜버의 말을 떠올리며 유영과 진욱이 더 이상 가까워지지 못하게 양손으로 잡아 반대 방향으로 떨어뜨렸다.

영아, 미안해. 엄마가 안 된대. 너희들끼리 재밌게 놀다 와.

한참을 머뭇거리다가 답을 보냈는데 유영은 금세 답문을 보냈다.

그래. 미래의 외과의사 송하림. 응원할게. 공부 열심히 해~ 내가 틈틈이 단톡방에 사진 올려줄게.

유영은 그런 일로 삐지지 않았다. 삐진 건 하림이었다. 하림은 엄마에게, 갑자기 의대 정원을 늘리겠다는 정부에게, 초딩을 못살게 구는 이 세상에 삐졌다. 겨우 단톡방에 들어갈 수 있게 되었는데. 친구라고 할 만한 친구들이 생겼는데.

하림이 울상을 지으며 말했다.

"엄마, 나 정말 가면 안 돼?"

"어디를?"

"스키장."

엄마가 룸미러를 통해 하림을 노려보며 말했다.

"엄마가 말했지? 의대에 합격한 다음에 가. 그깟 홍천 리조트 말고 미국에 열흘 동안 엄마하고 같이 가자. 하림 아, 나이아가라 폭포가 얼마나 멋진지 알아? 열흘이 뭐 야, 한 달 내내 고모할머니 집에서 살다 오자."

쳇, 화장실도 의대에 간 다음에 가라고 하지? 하림은 미국에 가고 싶지 않았다. 엄마는 영어에 친숙해져야 한 다는 이유로 하림을 틈만 나면 미국에 사는 고모할머니 집에 데려갔지만 하림은 그 집이 싫었다. 할머니 옆집에 는 푸른 눈의 악마가 살았다. 옆집에 살던 갈색 머리 남 자애는 천사 같은 외모와는 다르게 하림을 볼 때마다 눈 을 찢으며 놀리고 밀어 넘어뜨렸다.

엄마는 하림에게 큰엄마처럼 피부과 의사가 되라고 했 지만 하림은 꼭 해야 한다면 드라마에서 멋지게 나오는 외과의사가 되고 싶었다. 하림은 칼을 다루는 건 자신이 있었다. 초등학교에 들어가기 전에 잠깐 펜싱을 배웠는데 선수를 할까 생각했을 정도로 재밌었다.

아파트 지하 주차장 좁은 통로를 뱅글뱅글 돌아서 들어갈 때 하림은 흔들리는 차 안에서 조마조마했다. 술도 마시지 않았는데 멀미가 날 정도로 비틀거리면서도 엄마는 가까스로 주차를 했다. 엄마가 시동을 끄며 말했다.

"엄마 운전 실력 좀 는 것 같지 않니?"

하림은 건성으로 고개를 끄덕여주고는 엄마와 함께 엘리베이터에 올랐다.

집으로 들어서는 하림을 맞아준 건 이모였다. 이모는 언니와 함께 과자를 먹고 있었다. 하림은 엄마 몰래 이모와 눈빛을 나눴다. 엄마는 이모의 방문이 달갑지 않은 것 같았다. 입은 웃고 있었지만 눈빛에는 짜증이 역력했다.

"넌 연락도 없이 웬일이야?"

"하연이 하림이 보러 왔지."

약사인 이모는 시간 활용이 자유로운 편이었다. 이모는 약대를 졸업하자마자 다섯 평 남짓한 작은 약국을 열었는데 엄마 말에 의하면 장사 수완이 있어서 늘 국제시장처럼 붐볐다. 최근에는 일손이 부족하다며 허리디스크로 휴직 중인 이모부까지 가세해 쉴 새 없이 약을 팔았다. 이모부는 조제실에서 이모가 약을 빠르게 제조할 수 있도록 약병을 집어주고 약국을 깨끗이 청소했다. 그리고 방학에는 약국을 페이약사에게 맡겨두고 이모와 함께 해외여행을 떠났다. 엄마는 이모가 의사라는 직업을 깎아내릴 때마다 연하 남편 먹여 살리는 주제에 입만 살았다며 비아냥댔다.

사실 이모는 하림의 요청으로 달려온 것이었다. 말이 통하는 사람은 이모뿐이라는 생각에 하림은 지난주부터 끈질기게 이모에게 핸드폰 문자를 보냈다. 이모 나 스키장 못 가면 평생 한이 맺힐 거 같아요. 공부도 안 될 거 같고 의대도 못 갈 거 같아요. 운 좋게 의대에 합격한다고 해도 분명 자퇴할 거예요. 이모는 하림에게 전화를 걸어 질문을 퍼부었다. 너 대체 무슨 소리를 하는 거니? 스키장에 잘생긴 남자애라도 같이 가는 거야? 그런데 요즘은 여름에도 스키장을 하나 보지? 한이 맺힌다니 그런 말은 어디서 배웠어? 어쨌든 이모는 엄마를 설득해보겠다고 약속했다.

"제부는 어때?"

"누워 있지 뭐. 운이 좋았어. 세 번째 간 병원에서 흉부외과 의사를 겨우 만났거든."

"형부한테 전화해보지 왜 다른 병원에 갔어?"

"파업 중인데 가족이라고 특별히 봐달라고 했다가 사람들이 수군거리면 어떡하라고."

지난주 이모부는 목욕탕에서 미끄러져 갈비뼈에 금이 갔다. 그 역사적인 순간에 하림도 함께 있었다. 그날 엄마는 하림과 하연을 이모네 집에 맡겨놓고 파리행 비행기에 올랐다. 동창들과 함께 딸을 서울대에 보낸 대학 선배 언니의 생일 파티 겸 가는 여행이라고 했다. 화장실에서 뭔가가 부딪치는 소리가 났고 이내 이모부의 신음 소리가 들렸다. 놀란 이모가 화장실로 달려가 문을 열었다. 이모부는 넘어지면서 변기에 부딪혔다고, 괜찮다고 했지만 두 시간쯤 지나서 좀 이상하다고, 시간이 지날수록 더 아픈 것 같다고 했다. 이모는 당장 병원에 가보자고 했고 아이들만 집에 둘 수 없다며 하림과 하연도 함께 가자고 했다. 하연과 하림은 망설임 없이 따라나섰다. 집에서 공부를 하는 것보다는 나을 것 같았다.

세 번째로 들른 병원에서 흉부외과 의사를 만나 치료받고 집으로 돌아오는 길에 이모부가 말했다.

"이기적인 것들. 환자보다 자리보전이 중요하다는 거야? 그런 게 무슨 의사라고."

그러고는 빤히 자신을 쳐다보는 하림을 보고 입을 다물더니 머리를 뒤로 기대며 눈을 감았다. 하림이 질문이라도 할까 봐 걱정한 것 같았다. 하림은 이모부에게 질문을 할 생각이 없었다. 하림은 벌써 충분히 알고 있었다. 의료파업 때문에 시끄럽다는 건 초딩들도 알았다. 특히나 초등 의대반 아이들이라면. 의료대란, 의사 파업, 의정 갈등, 의대 증원…… 포털사이트 메인 화면에 뜬 뉴스를 하림은 빼놓지 않고 읽었다.

한 가지 이해하기 힘든 게 있긴 했다. 어른들은 의사를 욕하면서도 왜 자식을 의사 시키지 못해서 안달인 걸까? 엄마 아빠는 의사가 되라고 하면서도 의료대란에 대해 물으면 답해주지 않았다. 그저 공부하라고, 의대에 가라고 할 뿐이었다.

이모는 엄마를 도와 함께 저녁 밥상을 차리면서 자연

스럽게 말을 꺼냈다.

"너무 이른 거 아니야? 초등 의대반이라니. 아직 3학년인데. 아주 세상이 미쳐 돌아가. 이러다가 애들 의대 가기도 전에 건강이 상할 거야."

하림은 속으로 이모를 응원하며 눈빛으로 독촉하는 신호를 보냈다.

"그래서 말인데, 언니."

이모는 하림에게 눈을 찡긋하면서 약국에 찾아와 소화불량이나 불면증을 호소하는 초등학생들에 대한 이야기를 했다. 그리고 어린 시절의 과도한 공부가 건강에 얼마나 해로운지, 학창 시절 친구들과의 추억 쌓기가 얼마나 중요한가에 대해 설파했지만, 엄마는 눈도 깜짝하지 않았다. 지친 이모가 장조림을 입에 넣으며 말했다.

"참, 하림이 병원 간다더니 어떻게 됐어?"

엄마가 하림의 눈치를 보며 머뭇거리자 이모는 실수했다는 듯 입을 다물었다. 하림이 대수롭지 않다는 듯 웃으며 말했다.

"성조숙증요? 다음 주에 갈 거예요. 이번 주 수업이 특별히 중요해서 시간 못 뺐어요."

엄마가 걱정스러운 눈으로 하림을 보며 말했다.

"요즘 애들은 우리 때하고는 달라. 초경을 초등학교 2학년 때 하는 애들도 제법 있어. 나는 중학교 2학년 때 했는데."

하림이 빙그레 웃으며 말했다.

"그럼 내가 생리를 해도 전혀 안 이상한 거네. 중학교 2학년 과정은 진즉에 뗐으니까."

어색하게 웃던 엄마가 자리에서 일어나는 하림에게 물었다.

"왜 벌써 일어나. 다 먹었어?"

"입맛이 없어."

하림은 숟가락을 내려놓고 방으로 들어와버렸다. 이불 속으로 들어가려다가 책상에 앉아 책을 펼쳤다. 공부하는 모습을 보여주는 게 상황을 바꾸는 데 유리하게 작용할 것이라고 판단했다.

서너 개의 수학 문제를 풀던 하림은 연필을 내려놓고 티셔츠 밑으로 손을 집어넣어 유두를 만졌다. 딱딱한 멍울 같은 게 잡혔다. 정말 성조숙증일까. 하림은 친구들에 비해 키도 조금 큰 편이었다. 아무래도 맞는 것 같은데 계속해서 다음 주에 가겠다면서 병원 방문을 미루고 있었다. 공부를 과하게 하면 성조숙증이 올 수도 있는 걸까. 하림은 그런 이유라도 붙여서 의대반을 그만두고 싶었다. 의사가 싫은 건 아니었다. 하림의 눈에도 의사는 멋져 보였다. 외가, 친가 할 것 없이 주변에 의료계 종사자가 많아서 의사라는 직업은 우선 친근했다. 대담한 성격 덕에 피를 봐도 겁나지 않았으므로 해부학 실습도 두렵지 않았다. 해부는 죽은 사람을 대상으로 하는 것이니까. 하지만 피 냄새는 싫었다. 비위가 약한 하림은 덜 익은 고기 냄새만 맡아도 구역질이 났다.

"엄마 아빠가 저보고 의사 하래요. 세상에 의사만큼 훌륭한 직업은 없대요. 그런데 저는 피 냄새가 너무 싫어요. 구역질 나요."

지난해 겨울, 입원 중인 친할아버지에게 이렇게 말했더니 할아버지는 껄껄 웃으며 말했다.

"나도 처음에는 피 냄새만 맡아도 구역질이 났는데 익

숙해지더라. 나중에는 하루라도 피 냄새를 맡지 않으면 밥이 안 넘어가더라고."

하림이 피식 웃으며 말했다.

"드라큘라 같아요."

할아버지가 하림과 눈을 맞추며 말했다.

"하림아, 싫으면 안 해도 돼. 피 냄새만 맡아도 흥분하는 드라큘라 같은 애들이나 하라고 해."

이후로 하림은 할아버지를 보지 못했다. 신경외과 의사였던 할아버지는 암 병동에서 돌아가셨다. 병원 밖으로 걸어 나오지 못했다. 그렇게나 많은 환자를 살린 할아버지가, 모두 가망 없다고 말하는 수많은 환자를 죽음의 문턱에서 살려내 자기 발로 걸어서 병원 밖으로 나가게 한 할아버지가 암으로 죽다니. 하림은 충격을 받았다.

장례식을 마치고 돌아오던 차 안에는 정적이 감돌았다. 차 안에서 항상 클래식 음악을 듣는 아빠가 웬일인지 음악을 틀지 않았다.

갑자기 와이퍼가 움직이기 시작했다.

"이거 왜 이러지? 저절로 돌아가."

아빠의 물음에 엄마가 답했다.

"잘못 누른 거 아니야? 엊그제 비 왔을 땐 작동이 안 되더니. 고장 났나 봐."

아빠는 몇 번이나 와이퍼를 껐지만 와이퍼는 계속해서 작동되었다. 그 순간 하림은 수년 전 할아버지가 하림과 하연을 차에 태우고 와이퍼 작동법이라든가 전조등 작동법에 대해 알려준 것이 떠올랐다. 할아버지가 아직 하늘나라로 가지 않고 여기까지 따라와 손녀들을 웃겨주려고 장난을 치는 것 같아서 하림은 눈물이 났다. 아빠가 룸미러에 비친 하림을 보며 말했다.

"하림이 공부 열심히 해서 꼭 의사 돼라. 할아버지가 하늘나라에서 응원해주실 거야."

결국 이모는 엄마를 설득하는 데 실패했다. 이모가 집에서 나가자마자 엄마는 괘씸하다는 듯이 중얼거렸다.

"제 자식이면 저런 소리 안 하지. 애를 낳아봐야 어른이 되는 거야."

엄마는 저녁에 집에 들어온 아빠에게도 이모 험담을 했다.

"애한테 대체 무슨 소리를 한 건지 하림이가 의대반 수업을 어떻게든 빼먹으려 해. 어제는 해부할 때 피가 나오냐고 묻더라고. 해부학 실습 어쩌고저쩌고하면서 애한테 겁을 줬나 봐. 지가 의대 가려고 삼수한 이야기는 쏙 빼먹었겠지."

다음 날 강의실에 들어가자마자 눈에 들어온 건 민규의 정수리였다. 민규는 책상에 엎드려 있었다. 목소리가 걸걸하고 때때로 정수리에서 냄새가 나는 민규는 성조숙증이라는 소문이 있었다. 자신이 의사인 줄 착각하는 의대반 아이들이기에 헛소문도 돌았지만 하림의 눈에도 민규는 성조숙증으로 보였다. 민규는 지금 당장 의대에 들어가도 이상하지 않을 것 같았다. 안경을 쓰고 옷을 갖춰 입으면 대학생으로 보일 것이다. 겉모습뿐이 아니었다. 고3 과정까지 선행학습을 마쳤다는 민수는 대학 과정을 아무 무리 없이 소화할 것이다. 하림은 자신이 성조숙증이면 어쩌나 걱정이 되면서도 성조숙증이라서 엄마가 자신을 불쌍하게 여겨 스키장에 가는 걸 허락해준다면 상관없다고 생각했을 정도로 스키장에 가고 싶었다.

수업이 끝나고 건물 밖으로 나온 하림은 이리저리 고개를 돌리며 누군가를 찾았다. 뒤에서 반가운 목소리가 들려왔다.

"송하림!"

막내고모였다. 오늘은 외가에 일이 있어서 엄마가 외할머니댁에 갔고 고모가 대신 라이딩을 해준다는 문자를 미리 받았다. 하림이 고모에게 달려가 안기며 말했다.

"고모, 왜 차 안 갖고 왔어?"

"너 운동 좀 시키려고. 그렇게 공부만 하면 큰일 나. 고모하고 집까지 걸어가자."

하림이 엄지를 들어 보이며 말했다.

"좋아!"

하림이 고모를 올려다보며 말했다.

"고모, 나 오늘 고모 집에서 자면 안 돼?"

고모는 잠시 하림과 눈을 맞추더니 말했다.

"그럴까?"

고모는 그 자리에서 엄마에게 문자를 넣었다. 금세 엄

마에게서 전화가 걸려왔고, 고모는 엄지와 검지를 붙여 동그라미를 만들고 나머지 손가락을 살짝 굽혀 하림에게 오케이 사인을 보여주며 말했다.

"걱정하지 마세요. 제가 공부시킬게요. 그리고 언니, 지금이 아니면 제가 언제 하림이하고 시간을 보내겠어요……."

고모가 전화를 끊자마자 말했다.

"공부는 무슨 공부, 오늘 고모하고 텔레비전이나 보자."

고모는 이미 상체가 앞으로 튀어 나간 상태에서 말했다.

"집까지 뛰어가자. 늦게 오는 사람이 설거지하기!"

고모는 말이 끝나기도 전에 달려 나갔고 하림은 반칙이라고 생각하면서 쫓아갔다. 보통 이럴 때는 어른이 애에게 져주지 않나? 고모는 하림을 버려두고 혼자 달려갔다. 누가 소아청소년과 전문의 아니랄까 봐 고모는 아이 같은 면이 있었다. 하나로 묶은 긴 머리를 휘날리며 뛰는 고모는 순간적으로 유영처럼 보였다. 그래서 즐거웠다. 영, 같이 가! 유영은 골목을 돌아 사라졌다.

헐레벌떡 뛰어 엘리베이터에 오른 하림은 이마에 솟아
난 땀을 손등으로 닦았다. 하림은 13층에서 내린 뒤 고
모가 노루발로 고정해놓은 문 안으로 들어갔다.

앞치마를 두른 고모가 식사를 준비하고 있었다. 고모
는 전속력으로 달려온 사람이라고 믿기 힘들 정도로 고
른 숨을 내쉬며 태연하게 말했다.

"손 씻고 와. 젊은 애가 왜 그렇게 느려?"

"젊은 게 아니라 어린 거야."

고모는 냉장고에서 반찬을 꺼내 식탁에 놓으며 말했다.

"의대반 공부는 어때?"

"할 만해. 백일 때부터 했으니까."

하림의 첫 과외는 백일 때 시작되었다. 엄마가 그 이야
기를 해준 건 초등 의대반에 등록하러 가던 날, 엄마의
차 안에서였다.

"그냥 의대반 같은 거 안 다니면 안 돼?"

엄마의 신경을 거스르지 않으려 애쓰며 조심스럽게 말
한 하림과 다르게 엄마는 버럭 소리를 질렀다.

"이런 소리까진 안 하려 했는데 내가 그동안 너한테

들인 돈이 얼만 줄 알아? 너는 백일 때부터 과외받았어. 옷값도 아껴가면서 내 딸 최고로 키우려고. 나처럼 부모 원망 안 하게 하려고."

"백일? 갓난아기가 어떻게 과외를 받아?"

기저귀를 떼자마자 과외를 받고 영어유치원 레벨 테스트에 합격했다는 소리는 들었지만 처음 듣는 말이었다.

"엄마가 그때는 좀 팔랑귀여서 동네 아줌마들이 갓난아기 뇌에 좋아지는 과외를 한다는 말에……"

요약하자면 당시 동네 아줌마들 사이에 성행한 갓난아이 카드 과외라는 게 있었다. 해외에서 뇌과학을 공부한 사람이 집에 방문해서 아기의 눈앞에 카드를 들어서 보여주고 두뇌에 좋다는 소리와 음악을 들려주는 것이 수업의 전부였는데 지금 생각하면 돈지랄이었지만 하림을 위한 것이었으니 후회는 없다고 했다. 그 말을 듣고 나니 하림은 카드 과외받던 날이 어렴풋이 기억나는 것 같았다.

할 줄 아는 것이라고는 배냇짓밖에 없던 시절, 세상 모든 것이 궁금하던 하림에게 낯선 여자가 다가와 이름을 부르며 달래듯이 혀를 찼다. 그리고 눈앞에 알록달록한 카드를 보여주었다. 한참 동안 카드 보여주기를 하던 여자는 카드를 내려놓고 껍질을 벗겨 초콜릿을 먹었다. 여자는 콧노래를 흥얼거렸다. 가끔 비문증처럼 눈앞에 회색 점이 떠다니는 건 카드 과외의 부작용일까.

밥을 먹고 드라마까지 본 다음에 고모와 하림은 나란히 침대에 누웠다.

"근데 고모, 어디 가?"

"응?"

"아까 엄마하고 통화할 때 지금 아니면 언제 나하고 시간을 보내겠냐고 했잖아."

알면서도 물은 거였다. 고모가 병원에 사직서를 제출하고 미국의사면허시험을 준비하고 있다는 이야기는 어른들의 대화를 엿들어서 이미 알고 있었다. 고모가 하림의 머리를 쓰다듬으며 말했다.

"아직 결정된 건 아니야. 가게 되면 말해줄게."

하림은 고모가 미국에 가는 게 싫었다. 엄마 아빠의 대화를 엿들은 바로, 고모는 병원을 그만둔 이후로 우울증에 걸렸다. 병원에 사직서를 제출하고 얼마 안 되어 고모가 아끼던 소아암 환자가 죽었는데 그것을 자신의 탓이라고 생각하는 모양이었다. 아빠는 이렇게 말했다. 정은이 걔는 의사가 적성에 안 맞아. 어릴 때 키우던 개가 죽었을 때도 1년 동안 슬퍼했어. 의사가 그러면 안 되는 거야. 그래야 다음 환자를 살리지.

잠결에 들어서 정확하지는 않지만 하림은 간밤에 고모의 울음소리를 들었다. 하림은 그 소리를 들으며 고모가 미국의사면허시험에 떨어졌으면 좋겠다고 생각했다. 하림이 바랄 것도 없이 고모는 시험공부를 하지 않는 것 같았다. 공부를 하다 만 흔적이 보이지 않았다. 책상 위에는 약 봉투가 놓여 있을 뿐이었다.

친구들이 홍천으로 향하는 차에 올라탔을 즈음, 하림은 학원 가방을 멘 채로 민영 아줌마와 전화 통화를 하는 엄마에게 공손하게 물었다.

"엄마, 저 홍천에 가면 안 돼요? 다녀와서 배로 열심히 공부할게요."

엄마가 핸드폰 송화구를 막은 채로 고개를 돌리더니 눈을 부라리며 말했다.

"안 된다고 했지. 그렇게 가고 싶으면 네가 운전해서 가든가."

하림은 젖 먹던 힘을 다해 큰 소리로 말했다.

"나는 면허가 없잖아. 나중에 엄마가 아프면 절대로 병원에 태워다주지 않을 거야!"

"저놈의 계집애, 금세 태도 변하는 것 좀 봐."

옆에 있던 언니가 낄낄대며 웃는 소리 사이로 현관문 밖에서 엘리베이터를 잡아둔 아빠의 목소리가 들렸다.

"하림아, 어서 가자."

하림은 터덜터덜 걸어 엘리베이터에 올랐다. 하림의 눈에 눈물이 고였다. 모처럼의 휴일이라면서 아빠가 학원에 데려다준다고 했지만 하림은 전혀 신나지 않았다. 아빠 차 뒷좌석에 올라탔을 때는 눈물이 후드득 떨어졌다. 아빠가 부드러운 목소리로 말했다.

"하림아, 엄마한테 아빠가 어젯밤에 말해봤는데 절대 안 된대. 아빠도 중학교 때 친구들하고 콘도에 갔었는데 지금은 하나도 기억이 안 나. 그런데 의대반 수업은 하루라도 빠지면 지장이 커. 따라가기가 힘들어. 그러니까 수업 집중해서 잘 듣고 와. 알았지?"

무슨 말을 해도 소용없다는 걸 하림은 알았다. 아빠는 하림의 편인 것처럼 말했지만 엄마 아빠는 한 몸이었다. 배드캅스 굿캅스를 번갈아 맡는 환상의 콤비. 어젯밤 하림은 화장실에 가다가 엄마 아빠의 대화를 엿들었다. 낮에 유영이 엄마하고 통화했어. 유영이 사촌 언니가 애들을 인솔해서 간다는데 아니나 다를까, 남자친구가 대동한다는 거야. 지들끼리 물고 빠느라 애들한테 신경 쓰겠어? 지 둘이 여행 가고 싶은데 둘이서만 가면 허락 안 해줄까 봐 애들을 데리고 가는 거겠지. 우리도 연애할 때 그러지 않았나? 데이트할 때마다 당신 조카 데려왔잖아. '물고 빤다'는 말에 하림의 얼굴이 달아올랐다. 남자애들이 쉬는 시간에 얼굴을 맞대고 보던 동영상이 떠올랐다. 그 애들이 하림에게 던지던 음흉한 눈빛도. 늘 의견 충돌하는 두 사람이 자식 의대 보내기에는 놀라운 의기투합을 보여주고 있었다. 하림은 그게 더 불쾌했다.

의기소침한 하림이 신경 쓰였는지 아빠는 하림이 차에서 내리기 전에 말했다.

"우리 딸 의대만 합격해봐. 아빠가 스키장을 통째로 빌려줄 테니까. 혼자서 드넓은 스키장을 누비면서 열 시간 동안 신나게 타는 거야."

또다시 하림의 눈에 눈물이 고였다. 혼자서 스키장을 누비는 상상을 하자 무섭고 외로웠다. 넘어져서 뒹굴어도 누구 하나 괜찮냐고 물어봐주지 않을 것이다. 하림은 친구들과 함께 스키를 타고 싶었다. 멋진 스키복을 입고 친절한 스키 강사에게 강습을 받고, 설레는 마음으로 첫 턴을 실행한 뒤 넘어졌다 일어나고, 눈 위에서 뒹굴면서.

가까스로 마음을 부여잡고 있던 하림은 단톡방에 사진이 올라오기 시작하자 무너져 내렸다. 유영은 물론이고 다은과 효미도 사진을 단톡방에 올렸다. 뒷좌석에 앉아 모두의 얼굴이 들어오도록 찍은 셀카 사진, 프링글스를 서로의 입에 넣어주는 사진, 서로 마주 보고 웃는 운전석에 앉은 유영의 사촌 언니와 조수석에 앉은 언니의 남자친구 사진…… 사진에 찍힌 친구들은 모두 우스꽝스러운 표정을 짓고 있었다. 마치 하림을 웃겨주려는 듯이. 하림은 웃을 수 없었다. 눈에 눈물이 천천히 차오르고 밑에서부터 뜨거운 분노가 올라올 뿐이었다.

하림은 학원에서 돌아오는 길에 놀이터 그네에 앉아 있는 성우 오빠를 봤지만 알은체하지 않고 동 입구까지 뛰어 들어왔다. 송하림, 너 오빠 보고 인사도 안 하는 거야? 오빠의 목소리가 들렸지만 뒤돌아보지 않았다. 같은 아파트에 살고, 사촌 중에서 하림과 가장 죽이 잘 맞는 축인 성우 오빠는 며칠 전에 인간으로서는 해서는 안 될 일을 했다. 작은엄마가 민우 오빠에게 사다 준 물범탕을 같이 먹었다. 수능을 앞둔 민우 오빠는 그렇다 치고 겨우 초등학교 6학년인 성우 오빠가 물범을 먹다니. 형이 먹을 때 한 모금 먹었을 뿐이라고 변명했지만 하림은 용서할 수 없었다. 함께 아쿠아리움에서 물범과 사진을 찍은 것이 불과 반년 전이었다. 오빠는 기억나지 않는 걸까. 어릴 때 물범이 등장하는 그림 동화를 오빠가 몇 번이고 읽어줬던 것을. 의대에 합격할 수 있다면 오빠는 자신이 키우는 강아지도 먹고, 나도 잡아먹을 건가. 하림은 누군

가 살짝 건드리기만 해도 쓰러질 것 같았지만 집에 도착
해서 샤워를 하고 늦은 시간까지 공부를 마친 다음 잠자
리에 들었다.

하림은 이튿날에도 또 지긋지긋한 엄마의 차에 올라탔
다. 그 사이 단톡방에는 또 여러 장의 사진이 올라와 있
었다. 어젯밤 찍은 사진들 같았다. 다 같이 잠옷 바람으
로 퀸사이즈 침대에 누워 셀카를 찍은 사진, 소다수를
잔에 가득 채워 건배하는 사진, 구명조끼를 입은 채로
다 같이 파도타기 하는 영상을 본 하림은 누군가에게 머
리를 세게 맞은 것처럼 정신이 멍했다.

"이상하네. 너무 급히 먹어서 체했나. 속이 더부룩해.
잠깐만 약국에 들렀다 가자."

엄마가 이렇게 말하더니 차를 약국 앞에 세웠다. 하림
은 엄마가 차에서 내려 약국 안으로 들어가는 것을 바라
봤다. 약국 안에는 사람들이 줄지어 서 있었다. 엄마 차
례가 오려면 한참 남은 것 같았다. 차 안에는 적막이 흘
렀고 차창 너머로 아이스크림을 손에 든 채로 지나가는

아이들이 보였다.

하림은 오래 고민하지 않았다. 운전석으로 옮겨 앉은 하림은 의자를 앞으로 바짝 당기고 엄마의 모자를 눌러 쓴 다음 안전벨트를 맸다. 그리고 티맵에 홍천 리조트 주소를 검색했다. 리조트까지는 1시간 20분이 걸렸다. 시동을 걸자 차체와 함께 하림의 몸도 흔들렸다. 하림은 스스로에게 물었다. 할 수 있을까? 할 수 있어. 평소 차를 탈때마다 유심히 작동법을 익혀두었잖아. 두려움과는 다르게 차는 서서히 앞으로 나아갔다. 귓가에 매너남의 목소리가 들려왔다. 옆 차를 보내주고 싶으면 엑셀 떼고 지나가면 엑셀 누르세요. 사이드미러 보면서 깜빡이 켜세요. 하림은 수도 없이 들은, 매너남의 수업을 머릿속에 떠올리며 침착하게 운전을 했다.

하림은 유영을 만나고 싶었다. 유영과 리조트 객실에서 마주 앉아 유영의 첫 키스에 대해 듣고 싶었다. 유영은 진욱과 사귄 지 백 일 만에 드디어 키스를 했다. 입술만 닿는 뽀뽀가 아닌 혀를 교환하는 딥키스였다. 초등학교 3학년이 키스라니. 유영의 목소리로 듣는 키스 경험담은 교실 뒷자리에서 남자애들이 돌려보는 야동처럼 구역질 나지 않을 것이었다. 첫 운전처럼 조심스러우면서도 생크림케이크처럼 고소하고 달콤할 것이었다.

하림은 한 시간이 넘는 시간을 달려왔다는 것이 믿기지 않았다. 정신 차려, 정신! 스스로를 북돋우면서 여기까지 왔다. 운전하는 동안 긴장한 채로 길게 뻗은 탓에 다리에 쥐가 날 것 같았다. 이마에는 식은땀이 흐르고 가슴이 쿵쾅거렸지만 엄마 아빠에게 말할 수 있을 것 같았다. 다시는 의대반에 나가지 않겠다고. 착한 아이 코스프레는 더 이상 하지 않겠다고.

유영이 키스를 했다고 했을 때 전혀 이상하게 들리지 않았다. 유영이라면 아무런 걱정이 되지 않았다. 어른과 동등한 입장에서 타고난 대범함으로 두려움 없이 설렘과 자유를 누렸을 것이다. 진욱이 다른 여자애와 대화한다고 해서 불안해하지 않았을 것이다. 겨우 볼 뽀뽀 한 번에 영혼까지 내어주고 남자친구에게 집착하는 다은이와는 다르게. 하림은 유영이 자신이 없는 자리에서 그 이야기를 하는 것을 견딜 수 없었다.

그 순간 하림의 차는 옆 차선의 차와 살짝 부딪히며 심하게 흔들렸다. 머리털이 주뼛 서며 공포가 밀려들었다.

"정신 차려, 정신!"

하림은 작게 중얼거리며 운전대를 꽉 쥐었다. 하림의 차는 비틀거리며 앞으로 나아갔다. 눈에서 흘러내린 눈물이 뺨을 적셨다. 하림은 핸들을 붙든 채로 벌벌 떨었다. 어디선가 사이렌 소리가 들렸다. 올 게 온 건가? 경찰차가 하림의 옆 차선으로 오더니 손가락으로 갓길을 가리키며 차를 세우라고 지시했다. 하림은 순순히 차를 세웠다. 초등 의대반, 유영, 워터 파크, 딱밤, 곤돌라, 생크림 케이크…… 하림은 이런 것들을 떠올리며 핸들을 움켜쥔 채로 숨을 몰아쉬었다. 운전석으로 다가온 경찰이 창문을 두드렸다. 하림은 고개를 옆으로 돌려 경찰 아저씨와 눈을 맞추었다. 운전대를 잡은 하림의 심장은 뜨겁고도 침착했다.

이혼을 앞두고
열애 중

김하율

1. 소장

반차를 냈다. 반차 사유서의 빈칸을 적어 넣는 손끝이 망설여졌다.

반차 사유: 이혼

수정테이프로 지우고 다시 썼다.

반차 사유: 모르는 사람과 이혼

그러다 종이를 구겼다. 이혼이라니, 난 결혼한 적도 없는데. 내 한숨 소리에 앞 데스크의 이 대리가 나를 힐끔 쳐다보았다. 시계를 보니 11시 40분, 곧 점심시간이었다.

어제였다. 서류봉투 한 통이 집으로 배달됐다. 법원에서 내게 보낼 서류가 뭐가 있지. 뜯어보니 상속채무를 알리는 소장이었다. 상속, 그것도 채무? 누군가의 빚을 상속받게 될 거라는 의미였는데 그 채무는 3천만 원이었다. 심장이 빠르게 뛰었다. 피상속인 이름은 김명숙. 나는 어머니에게 전화를 걸었다.

"김명숙? 처음 듣는 이름인데?"

"최근 친척 중에 돌아가신 분 없어요?"

"있으면 내가 갔겠지. 왜 그러는데?"

어머니는 없는 살림에도 경조사는 꼭 챙기는 분이니 알았으면 갔을 것이다. 나는 말을 할까 하다가 괜한 걱정을 끼치는 것 같아 얼버무리고 전화를 끊었다. 그래, 이건 행정 착오다. 나는 출근 후 가까운 주민센터로 향했다. 점심시간이라 그런지 직원이 두 명뿐이었다. 그중 없는 머리숱을 단정하게 빗어 올린 30대 후반으로 보이는 남자 직원에게 갔다. 앉아 있으니 훵한 정수리가 더욱 눈에 띄었다. 조만간 탈모약을 먹거나 어쩌면 이미 먹고 있을지도 모르겠다고, 나는 속으로 생각했다.

"여기, 이 김명숙이라는 사람이 누군지 알 수 있을까요?"

"신분증 주십시오."

그는 서류를 힐끔 보더니 자판을 몇 번 두드리고는 모니터를 보며 말했다.

"선생님 아내분의 어머니시네요."

"네?"

"장모님이시라고요. 지난달에 돌아가셨는데 모르셨어요?"

직원이 모니터에서 나에게 시선을 돌리며 말했다. 나는 헛웃음이 터지는 걸 막지 않고 말했다.

"저기, 뭔가 착오가 있는 거 같은데요. 장모님이라뇨. 저는 결혼한 적이 없어요."

"이재하 씨 아니세요? 여기 아내분 성함도 있습니다."

모니터를 가리키며 동사무소 직원이 말했다. 그제야 나는 내 가족관계등록부를 제대로 본 적이 없다는 생각에 미쳤다.

"아내라고요?"

"2017년 4월 6일 자로 혼인신고가 되어 있습니다, 선생님."

직원이 가족관계증명서를 뽑아 주었다. 그의 말대로 나는 기혼자로 나와 있었다.

"이거 진짜 저 맞아요? 난 결혼 안 했는데? 한 적이 없는데?"

주민등록번호를 재차 확인한 직원이 다시 한번 힘주어서 내가 맞는다는 것을 확인시켜주었다.

"결혼한 적이 없는데 혼인신고를 어떻게 해요?"

나는 따지듯 물었다.

"결혼식은 안 해도 혼인신고는 할 수 있죠."

딴소리하는 직원이 얄미워서 머리카락을 한 움큼 뽑아주고 싶었다.

"저는 혼자 산다고요. 부모님 외에 누구랑도 살아본 적이 없어요. 여자 친구도 없는데."

흥분해서 목소리가 높아진 나를 직원이 동요하지 않

고 바라보았다. 진상 고객에게 이골이 난 듯한 무표정이
었다.

"7년이 지났는데 모르셨다고요?"

나를 쳐다보는 직원의 눈빛에는 뭐 이런 미친놈이 다
있지, 하는 잔잔한 의문이 고여 있었다. 나는 내 이름 옆,
배우자 칸의 이름을 뚫어지게 쳐다보았다. 불안해졌다.
식은땀이 나고 가슴이 벌렁벌렁거렸다. 점심을 마친 직원
들이 하나둘 들어와 자리를 채웠다. 망연자실한 표정으
로 그 자리에 한참을 서 있자 딱해 보였던 건지 아니면
교대로 점심을 먹으러 가야 해서 그런 건지 단정하지만
머리숱은 없는 직원이 일어나 나를 향해 다가왔다. 그러
고는 굉장한 팁을 주겠다는 듯한 표정으로 말했다.

"이런 경우 최선의 대응책은 말이죠."

잠시 사이를 두고 그가 말을 이었다.

"전문가를 찾아가는 겁니다."

2. 매복

혼인 중이라니. 나는 나도 모르게 기혼자로 살고 있었다, 그것도 7년 동안. 부모님 이외에 누구와도 살아본 적이 없는데. 믿을 수가 없어서 가족관계증명서를 두 번이나 떼어보고 주민센터 직원을 붙잡고 재차 물어보았지만 결과는 같았다. 2017년 4월 6일자로 혼인신고가 되어 있었다. 미치고 팔짝 뛸 일이었다. 그때 내가 뭘 하고 있었나. 7년 전의 기억을 더듬어보았다. 그해에 나는 군대를 갔다. 20대 중반이 넘었으니 이른 나이는 아니었다. 가만, 입대를 3월 5일에 했으니 입대하고 한 달 후였다. 하, 기가 막혔다. 그날부터 나는 법적으로 유부남이었던 것이다. 7년을 기혼자로 살아왔다니. 그리고 그걸 지금에서야 알았다니. 펄쩍 뛰었다가 가슴이 철렁 내려앉았다가 어이가 없어서 피식 웃음이 나왔다가 주먹이 부르르 떨리면서 분노가 치솟았다. 나는 반차 사유를 다시 적어 넣었다.

반차 사유: 병원

팀장의 책상에 올려두고 사무실을 나섰다. 어차피 외근직이라 없으면 없나 보다 하지만 전화가 올 경우를 대비해 반차를 냈다. 게다가 지금은 중요한 순간 아닌가. 갑자기 하늘에서 아내라는 사람이 뚝 떨어진 데다 알지도 못하는 사람의 채무까지 3천만 원을 갚게 생겼다. 정신이 번쩍 들었다.

하지만 그 이전에, 지금 이 상황과 비등하게 나를 괴롭히는 사건이 있었으니 바로 치통이었다. 치통은 모든 일에 우선한다는 것을 오랜만에 느꼈다. 얼마 전부터 어금니 안쪽이 콕콕 찌르는 느낌이 들었다. 아주 가끔, 잊을 만하면 한 번씩 느껴지는 통증이었는데 최근엔 그 빈도가 잦아지더니 이제는 두통이 생길 정도였다. 진통제를 먹어도 고통이 살짝 희미해질 뿐 사라지지는 않았다. 심지어 볼이 부어서 얼굴이 비대칭으로 보였다. 썩었나.

정비소와 치과 가는 게 제일 두렵다던 전 여친이 생각났다. '아는 게 없으니까 바가지 쓰기 딱 좋잖아.' 그때나 지금이나 내 소유 차가 없는 나는 이해하지 못했지만. 그 녀는 내 소박한 월급으로 부모님 부양까지 하고 있다는 사실을 알았을 때 싱긋 웃으며 말했다.

착한 흙수저구나.

그래서 날 떠난 것일까. 하지만 전 여친을 만나던 그 순간에도 내가 유부남이었다고 생각하자 등에서 식은땀이 났다. 약속 시간까지 한 시간 남짓 여유가 있었다. 조급한 마음을 안고 사무실에서 제일 가까운 치과의 문을 열었다. 산뜻한 아이보리 색감의 인테리어에 브라운색 의자가 눈에 들어왔다. 따듯한 느낌의 분위기와는 다르게 은은하게 퍼져 있는 소독약 냄새가 이곳이 병원, 그것도 무시무시한 치과라는 것을 상기시켰다. 점심시간이 가까워서인지 기다리는 환자는 없었다. 대신 간호사의 눈총을 받았다.

"예약하셨나요?"

"아니요. 하지만 급해요."

안경을 쓴 간호사는 알 만하다는 눈빛으로 개인 정보를 기록하더니 나를 진찰실로 안내했다. 엑스레이를 찍고 나서 진찰 의자에 앉았다. 마스크를 쓴 의사가 등받이가 없는 스툴에 미끄러지듯 앉더니 바로 입을 열었다.

"제3대구치네요."

친절하지만 사무적인 목소리였다.

"네?"

의사가 엑스레이 사진의 왼쪽 한 귀퉁이를 가리켰다. 검은색 필름에 음영으로 드러난 치아들은 해골의 그것 같았다.

"사랑니라고요."

사랑니라니. 여태 사랑니가 있는 줄도 모르고 살았는데 나는 약간 얼떨떨했다.

"사랑니는 어릴 때 나는 거 아닌가요? 이 나이에도 나요?"

30대 중반을 바라보는 나는 약간 멋쩍으면서도 의아한 마음에 의사에게 물었다.

"매복 사랑니예요. 여기 잇몸 속에 숨어 있는 치아 보이시죠?"

의사가 마우스를 이용해 화면에 초록색 동그란 원을

그랬다. 그 안에 과연 치아가 있었다. 다른 이보다 한 단 아래 깊숙하게 자리 잡은 놈은 음험하고 수상해 보이기까지 했다. 저놈이 두통의 원인이었다니.

"그동안은 통증이 없으니 있는 줄 모르셨던 겁니다."

통증이 없었다기보다 무시했다는 표현이 더 맞았지만 어쨌든, 다행히 수직 매복 사랑니라고 했다. 잇몸을 열고 쏙 뽑으면 되는 비교적 간단한 수술이라고. 매복이라는 단어가 귀에 거슬렸다. 나는 흑백의 엑스레이 화면을 뚫어지게 쳐다보았다. 놈은 볼수록 의뭉스러워 보였다. 저 깊은 곳에 매복해서 언제 제 존재를 알릴까 엿보고 있는 거 같았다.

"오늘 빼실 건가요?"

의사 대신 간호사가 내게 물었다. 역시나 친절하되 사무적인 목소리였다. 의사는 '잇몸을 열고'라고 표현했지만 열쇠로 문을 열고 들어가는 게 아니지 않은가. 칼로 째고 펜치로 뽑고 실로 꿰매겠지. 생각만 해도 몸서리가 쳐졌다.

"아니요. 생각 좀 해보겠습니다."

의사는 내 생각을 읽기라도 한 듯 말을 이었다.

"수직이라 운이 좋은 겁니다. 수평 매복이면 더 골치 아프죠. 드릴로 깨서 조각을 긁어내야 하니까."

의사는 점점 창백해지는 내 얼굴을 보며 아무렇지 않게 말했다. 이런 상황을 즐기기라도 하는 것 같았다. 사디스트인 걸까. 자리에서 서둘러 일어나는 내게 의사가 일침을 가하듯 말했다.

"빠른 시일 내에 빼는 게 좋으실 겁니다. 점점 잇몸을 찢고 나올 테니까요."

3. 상담

치과에서 나오자마자 담배를 꺼냈다가 도로 집어넣었다. 치통에 담배라니, 최악은 하지 말자. 시계를 보니 명석과의 약속 시간이 30분 남았다. 논현역에서 교대를 가려니 택시를 타면 시간이 남고 지하철은 갈아타는 게 번거로웠다. 나는 걷기로 했다.

어제 머리숱이 없던 주민센터 직원이 떠올랐다. 점심 시간인데도 친절하게 대응해주었던 그 덕분에 공무원에 대한 인식이 바뀔 정도였다. 목소리가 크다는 게 좀 흠이 었는데 그 탓에 양옆에서 지루한 표정으로 바쁘게 몸을 놀리던 직원들이 하나둘 아는 척을 해왔다. 곧이어 다들 알 만하다는 눈빛이 되어 나를 측은하게 바라보았다. 그 중 나이가 제일 많아 보이는 직원이 자리에서 일어나 내 게 다가오며 말했다.

"제가 여기서 20년 근무했는데 두 번째로 보네요. 혼 인신고는 혼자 와서도 할 수 있거든요. 별다른 증명이 필 요한 게 아니라서."

그러면서 자기들끼리 의견을 주고받았다. 이게 이렇게 허술하다니까. 일방적으로 혼인신고 내고 그러는 거 사이 코패스 아니에요? 스토킹의 일종이지 뭐. 혼인무효 신청 이 그렇게 많다면서요? 그게 다 행정력 낭비지 뭐야. 아, 정말 똥 밟았⋯⋯. 말하던 직원은 나와 눈이 마주치자 말 을 삼키고는 분연히 일어서더니 말했다.

"결혼해서 좋은 점이 뭔지 아세요?"

모두들 고개를 끄덕였다. 마치 내 편이라도 된 것처럼.

"제가 결혼을 안 해봐서……."

내 대답을 끊고 직원이 말했다.

"배우자의 초본을 뗄 권리가 있다는 거죠. 주소 알려 드릴까요?"

내가 말할 틈도 주지 않고 머리숱이 적은 직원은 키보드 위에 손가락을 빠르게 놀렸다. 그렇게 내 아내라는 여자의 주소까지 확보를 해놓은 상태였다. 나는 주민센터 직원의 조언대로 전문가를 우선 찾아가기로 했다. 바로 내 고등학교 동창 명석이었다.

사람이 이름대로 가는지 명석은 내 친구 중 가장 명석했다. 대학 졸업을 하자마자 로스쿨로 전향하더니 지금은 이혼 전문 변호사로 잘나가고 있었다. 점심시간에 와서 점심 같이 먹자는 명석의 말을 거절하고 그의 사무실로 향했다. 근무시간에 타임차지를 하고 제대로 된 상담을 하겠다는 결의였다. 전문직 지인의 충고 갖고는 안 된다. 그만큼 나는 심각했다.

교대에 가까워질수록 한 건물 건너 한 건물이 아니라 모든 건물들이 법무법인, 법률사무소 간판을 달고 있었다. 역시 법조타운다웠다. 명석의 사무실은 서초동 법원을 마주한 뒤쪽 골목에 위치했다. 유리문을 열고 들어가니 내가 올 줄 알았다는 듯 여직원이 상담실로 나를 안내했다. 나는 어색하게 앉아서 주위를 둘러보았다. 4인용 테이블에 책장과 협탁 하나. 딱히 인테리어에 신경을 쓴 느낌은 없었다. 하지만 한쪽 벽면을 가득 채운 책장에 천장부터 바닥까지 잔뜩 꽂혀 있는 두꺼운 서류 뭉치들이 전문가적 오라를 불러일으키며 신뢰감을 주었다. 잠시 후 명석이 커피 두 잔을 들고 들어왔다.

"그러니까, 혼인신고서는 네가 쓴 게 맞는 거야?"

자리에 앉기도 전에 질문부터 던지는 명석은 멀끔한 수트를 입고 약간 피곤한 얼굴을 장착한 변호사로 등장했다. 제법 그럴듯해 보이는 것이 법의 테두리에서 나를 제대로 지켜줄 것 같았다.

"그걸 잘 모르겠어. 내가 쓴 적이 있긴 한데 그게 그건지는."

일부러 두 손으로 마른세수를 하며 말했다. 나는 지금 무척 괴롭다는 제스처였지만 나를 아는 녀석에게는 먹히지 않았다.

"그게 무슨 소리야. 쓴 적이 있다니."

자리가 사람을 만든다고, 친구 명석이 아닌 변호사 박명석이 된 내 앞의 상대가 날카로운 톤으로 말을 받았다.

"우리 20대 때 왜 그런 거 유행했었잖아. 혼인신고서 써서 한 장씩 서로 간직하는 거."

서로를 여보 자기로 불렀던 치기 어린 시절이 있었다. 성인이 되어 처음 만난 이성이 평생을 갈 줄 알았던 한심하면서도 순정하던 때. 그때 구청에 가서 혼인신고서에 서로의 이름을 나란히 써넣고 킥킥 웃었던 장면이 어렴풋이 떠올랐다. 그냥 데이트 중 하나의 이벤트 같은 일이었는데. 낙서처럼 썼던 그 종이가 7년 후 이런 파장을 일으킬 줄은 꿈에도 몰랐다. 이런 나와는 달리 내내 솔로였다가 지금 아내를 만나 결혼한 명석은 이해할 수 없다는 표정으로 나를 보며 말했다.

"그래서, 20대 때 만난 네 전 여친이 너 몰래 혼인신고를 했다는 거야?"

"걔 이름이더라고."

이서해. 배우자 이름란에 쓰여 있던 그녀 이름을 보는 순간 가슴이 철렁하고 내려앉았다는 말까지는 못 했다. 그녀가 첫사랑이었다는 말까지도. 명석은 미간을 찡그리며 내 얘기를 듣고 있었다. 중간중간 한숨을 내쉬면서. 그제야 나는 어차피 상담료 내는 거, 일면식도 없는 변호사를 찾아갔어야 했다는 후회가 들었다.

"난 네가 이 정도로 한심한 놈인 줄 몰랐다."

나도 내가 그런 줄 몰랐다. 어떻게 7년을 모를 수가 있단 말인가. 내 이야기만 아니면 〈세상에 이런 일이〉에 제보하고 싶을 정도였다. 하지만 지금 그럴 때가 아니다.

"이거 혼인무효 신청인가 하면 된다던데. 할 수 있는 거지?"

나는 몸을 앞으로 기울이며 명석에게 물었다. 조급한 목소리로.

"좋은 소식과 나쁜 소식 중 뭐를 먼저 들을래?"

몸을 뒤로 기울여 등받이에 비스듬히 기대앉으며 명석

이 말했다. 나처럼 낙천주의자는 이럴 때 좋은 소식부터 듣는다.

"좋은 소식은 네가 상속채무를 갚을 일이 없다는 거야."

"빚을 안 갚아도 된다고?"

"결혼까지 사기당했는데 빚까지 갚으면 너무 억울하지 않냐? 상속채무는 배우자한테까지 상속이 안 돼. 불행 중 다행이지."

"그런데 소장이 왜 나한테 날아왔지?"

"아마 채권자가 그 사실을 모르고 너한테까지 소장을 넣은 거 같아. 급했던 거지."

그러니까 채권자의 무지가 나로 하여금 7년 동안 서류상 기혼자였던 사실을 알게 한 셈이었다.

"나쁜 소식은 뭐야?"

나는 심호흡을 한 후 명석에게 물었다.

"혼인무효 신청이 안 된다는 거야."

"뭐? 왜?"

당연히 무슨 수가 있을 거라고 막연히 생각하고 있었

85

는데 지진이 나서 천장이 무너지는 기분이었다.

"혼인신고서를 네가 네 의지로 썼기 때문이야. 만약 그 여자가 일방적으로 작성해서 갖다 낸 거라면 혼인무효 신청을 할 수 있어. 그건 죄가 무거워. 형사 처벌감이지."

헉, 망했다.

"그럼, 그럼 어떡해?"

나는 절망감에 사로잡혀 물었다.

"이혼해야지."

억울했다. 유부남인 줄 어제 알았는데, 이제는 이혼남 이라니. 이런 내 표정을 읽은 명석이 나를, 의뢰인을 위로 하는 전문직의 눈빛으로 말했다.

"철없던 시절의 불장난 값을 치르는 거지, 어쩌겠냐. 정신 차려. 지금부터 네가 해야 할 일은 그 여자를 찾아 가서 협의 이혼을 하는 거야. 안 되면 소송해야 하니까."

철없던 시절의 불장난. 나는 눈을 감았다. 그러자 불붙 은 종이가 공중으로 훨훨 날아가는 게 보였다. 구름 한 점 없는 파란 하늘에 붉은색 날개를 단 새 같았다. 바람 을 타고 이리저리 날던 새는 마지막 불꽃을 태우며 바닥으로 바닥으로 떨어진다. 나는 왠지 안타까운 마음이 되어 새를 응원하고 싶다. 일어나! 다시 날아! 그러자 붉은 새는 바닥을 치고 솟아오른다. 활활 더 붉게 타오르며.

"밥이나 먹으러 가자."

명석이 자리에서 일어나며 말했다. 그 붉은 새는 불사조였을까?

양꼬치에 고량주를 시켰다. 점심 식사라기보다는 낮술의 안주에 가까웠다. 반찬을 내고 온 게 다행이라고 생각했다. 개업 변호사인 명석은 자영업자가 이럴 때는 좋다며 양갈비를 더 시켰다.

"너, 내 첫사랑 알지?"

명석이 고량주를 한입에 털어 넣으며 말했다. 명석의 첫사랑이라니, 재수 씨 외에 사귀던 여자가 있었던가. 나는 고개를 갸웃하다가 아, 갑자기 떠오르는 얼굴에 양꼬치를 놓칠 뻔했다. 명석이 오랫동안 쫓아다니다 사귄 여자가 있었더랬다.

"너보다 키 컸던 애?"

"나보다 더 안 컸어. 힐 신으면 컸던 거지."

명석이 약간 분하다는 듯 부인했다. 문제는 그녀가 항상 킬힐을 신고 다녔다는 것이다. 그리고 명석의 신장은 170센티미터가 안 됐다. 아무튼 명석의 첫사랑은 모델 스펙을 지닌 두 학년 아래 동아리 후배였다. 연극 동아리였는데 나도 명석의 초대로 몇 번 공연을 간 적이 있었다. 셰익스피어나 체호프 같은 작품을 했는데 늘 졸다가 나왔던 기억이 났다.

"맞다, 결혼했다고 했나?"

명석이 한동안 술로 지새우며 정신 못 차리던 시절이 떠올랐다. 결혼은 타이밍이라더니 그렇게 죽고 못 살던 사이도 결국 결혼은 다른 사람과 하게 된다. 나는 고량주의 쌉쌀하면서도 달콤한 향을 느끼며 땅콩을 집어 입속에 털어 넣었다.

"했었지."

역시나 쌉쌀한 표정으로 명석이 말을 받았다. 했었다고? 내 시선을 느낀 명석이 말을 이었다.

"얼마 전에 동아리 모임에 갔었거든, 후배들이 공연한

다고 연락이 와서. 술이나 사줄까 하고 갔지."

그곳에서 그녀를 만났다고 했다. 훤칠한 키에도 킬힐을 신고 다니는 건 여전하더라며. 헤어진 이후 5년 만의 첫 만남이었는데 그렇게 어색할 수가 없었다고. 명석과 헤어지자마자 만난 남자와 결혼하며 명석의 가슴에 대못을 박았던 일이 무색하게도 그녀는 1년 후 이혼했다고 말했다.

"소울메이트를 만났다며 만난 지 두 달 만에 결혼할 때는 언제고."

명석은 고량주 중짜를 한 병 더 시켰다. 나는 말리지 않았다. 명석의 마음이 아팠던 것은 만난 지 두 달 만에 결혼했다는 게 아니라 그렇게 자신을 버리고 간 그녀가 돌싱이 되었다는 사실이었다. 그렇게 갔으면 잘 살기라도 할 것이지.

"너, 첫사랑 만나면 되게 설레고 애틋할 거 같지?"

불콰해진 얼굴로 명석은 고개를 가로저었다.

"환멸이 든다."

고량주를 원샷 한 후 천장을 바라보며 명석은 말을 이었다.

"차라리 만나지 말걸. 왜, 그 지구에 소풍 오셨다 가신 분 있지? 그분이 수필에 그렇게 쓰셨잖아."

명석은 또다시 허공을 바라보며 연극 대사를 읊듯이 말했다.

"아사코와 나는 세 번 만났다. 세 번째는 아니 만났어야 좋았을 것이다."

지구에 소풍 오셨던 분과 아사코가 나오는 유명한 수필을 쓰신 분은 전혀 다른 사람이었지만 나는 그러려니 했다. 서해를 만나면 나도 환멸이 들까. 이상하게 동요되는 마음을 감추려 나는 괜히 양갈비를 민트 소스에 푹, 담갔다.

결국 점심이나 먹자는 말은 저녁이 지나 밤까지 이어졌다. 계산은 명석이 법인카드로 했다. 명석은 택시를 타고 집으로 향했고 나는 술도 깰 겸 밤거리를 걸었다. 숙취제거제보다 청량한 밤공기가 더 효과적이었다.

아직도 믿어지지 않았다. 그리고 아무도 믿어주지 않을 것 같았다. 어떻게 7년을 모르고 살았느냐고. 그건 내가 생각하기에도 어이가 없었다. 살면서 가족관계등록부를 떼어볼 일이 없었던 별 볼 일 없는 인생을 산 거 같아서 의기소침해졌다.

결혼할 사람이 있었다면 알았겠지. 아니, 결혼 전이라도 아이가 태어났다면 알았겠지. 혹시, 집을 샀다면 그래도 알았겠지. 그러자 내가 포기하며 살아온 것들이 떠올랐다. 연애, 결혼, 자녀, 집. 결혼은커녕 여자를 언제 만났더라, 전 여친 기억이 가물가물했다. 주말이면 밀린 잠을 자기 바빴고 시간이 나면 넷플릭스로 새로 나온 콘텐츠를 봤다. 외근직이라 평일 내내 밖에서 떠돌다 보니 주말은 집에서 쉬고 싶어진다. 어차피 집 밖에 나가는 순간 모든 게 다 돈이었다. 학교를 언제 다녔나 생각도 안 나는데 학자금 대출 상환이 끝난 지는 얼마 안 됐다. 취업은? 직장에 제대로 취업을 했더라면 알았을 수도 있을까.

취준생으로 몇 해를 보내는 와중에 아버지가 낙상 사고를 당했다. 집안에 돈을 벌어 올 사람이 없어지자 나는 자발적으로 주위를 수소문했다. 그리고 사촌 누나 시댁의 친척, 그러니까 사돈의 팔촌 회사에 들어갔다. 어정쩡

한 규모의 중소기업이었는데 그나마도 낙하산이었다. 그럭저럭 잘리지 않을 정도로만 일하려던 처음 마음과 달리 열심히 한다. 그러지 않고는 잘린다는 것을 알게 되었기 때문이다.

그렇게 살다 보니 만사가 귀찮아졌다. 매일 반복되는 일을 하는 것도 지겨웠다. 가맹점주들의 컴플레인을 듣는 일과 로열티 미납에 대해 말해야 하는 껄끄러움은 시간이 지나도 익숙해지지 않았다. 직급이 올라도 월급은 오르지 않는 점도 이상했다. 이렇게 버는 걸로 집 장만은커녕 결혼이나 할 수 있을까. 이런 상황에서 애를 낳는다는 건 빈곤층을 한 명 더 늘리는 것에 불과하지 않을까. 뭐 이런 생각을 해, 골치 아프게. 그냥 미드나 봐. 월급이 잠시 스치고 간 계좌의 잔고를 보며 매달 같은 사고의 프로세스가 흘렀고 그러다 보면 왜 살지, 하는 의문이 들었다.

서해를 생각했다. 그녀의 얼굴을 떠올려보려 했으나 흐릿했다. 오히려 떠오르는 것은 소품들이었다. 늘 신고 다니던 빨간색 컨버스, 찢어진 청바지, 군청색 백팩 같은 것들. 그리고 눈 아래 점이 있었다. 왼쪽이었나, 오른쪽이었

나. 손발이 작았고 긴장하면 코를 찡긋하는 버릇이 있었다는 것도 기억났다. 내가 생각보다 그녀에 대해 많은 걸 기억하고 있다는 게 놀라웠다.

그녀는 왜 그랬을까. 의문이 고개를 들었다. 진짜 사람들이 말하는, 사이코패스 같은 건가. 내가 아는 서해는…… 아, 모르겠다. 이 이야기의 장르는 뭘까. 정말 법정 스릴러일까?

4. 만남

초본에 적힌 서해의 집 주소가 낯익었다. 일부러 마지막으로 들를 가맹점을 그 지역으로 잡았다. 외근 직후 그녀의 집에 찾아갈 생각이었다. 내비게이션에 주소를 등록하고 운전하는데 이상한 기시감을 느꼈다. 얼마 전에 내가 여기를 지나간 적이 있었나. 그 기묘한 느낌은 아파트 외부 주차장에 주차를 한 후 납득할 수 있었다. 나는 7년 전에 이곳에 온 적이 있다. 한 번도 아니고 여러 번.

그녀를 바래다주던 길이었다. 여기 아직까지 살고 있다니. 나는 차에서 내려 높지 않은 아파트를 올려다보았다. 7년 전에도 낡았던 아파트는 더욱 추레해졌다. 재개발을 앞두고 있는 지역 특유의 '방치'가 느껴져서 심란한 기분이 들었다. 12월 초겨울의 바람 한 자락이 귀밑을 스치고 지나갔다. 나는 코트의 지퍼를 올렸다.

엘리베이터가 없는 5층, 맨 끝 집이었다. 계단을 오르느라 가쁜 숨을 몰아쉬고는 잠시 망설이다 초인종을 눌렀다. 몇 번 눌렀는데도 기척이 없었다. 발밑에 택배 상자가 굴러다니는 걸 보니 아직 귀가를 안 한 모양이었다. 복도식 아파트라 계단 앞에 엘리베이터가 있었다. 나는 계단에 앉아서 기다리기로 했다. 오가는 사람들이 이상한 눈빛으로 쳐다보는 게 좀 부담스러웠으나 나로 말할 거 같으면 슈퍼바이저 경력 3년차였다. 그건 이 꼴 저 꼴 다 봤다는 걸 의미했다. 로컬브랜드 피자 전문점으로 전국 200개의 가맹점을 둔 애매한 규모의 회사였다. IMF 때 한 판 사면 한 판 더 주는 이벤트로 벌떡 일어나서 한때 가맹점 500개를 찍었다가 점차 사업이 기울어가는 중이었다. 지금의 로컬브랜드 시장은 한 판을 사는 데 한 판을 안 주거나 한 마리 사는데 한 마리를 안 준다? 고객들이 따진다. 뭐라도 더 얹어 줘야 한다.

이어폰을 끼고 노래를 들으려다가 무선 이어폰을 뺐다. 외근이 많으니 운전을 많이 해야 하는데 몇 개의 플레이리스트를 돌려가며 들어도 금방 지겨워졌다. 조 대리는 운전할 때 역사 요약 동영상을 틀어놓는다고 했다. 덕분에 조선왕조실록을 통달했다고. 주로 야사를 많이 알고 있었다. 이 대리님, 조선의 왕 중에 자식이 가장 많은 왕이 누군지 아세요? 과식을 제일 많이 했던 왕은 누구게요? 아내가 제일 많았던 왕은? 뜬금없이 수수께끼를 냈다. 하나도 안 궁금했다.

계단참에 앉아서 몇 개의 업무 전화를 돌리고 인터넷 서치를 하다가 핸드폰 게임을 했다. 아무 생각 없이 시간을 보내기에 이것만 한 게 없다. 나는 기계적으로 손을 놀렸다. 하지만 시험을 앞둔 것처럼, 면접을 앞둔 것처럼 마음이 긴장되고 초조했다. 손에 땀이 자꾸 나고 화장실에 가고 싶었다.

7년 만에 만난 옛 연인에게 건네는 첫마디가 '이혼해'라니. 나는 속으로 연습했다. 서해를 만나서 뭐라고 해야 할지에 대해서. '나한테 왜 그랬어?' 너무 저돌적인가. '너 미쳤니?' 직선적인가. '콩밥 먹고 싶어?' 저속한가. 에잇, 모르겠다. 발도 저리고 화장실도 가고 싶고 무엇보다 더 있다가는 추위에 몸살이 올 거 같았다. 벌떡 일어난 순간, 내 눈앞에 누군가 서서 나를 바라보고 있었다.

"어, 안녕."

결국 나는 저돌도 직선도 저속도 아닌 평범을 선택하는 인간이었다. 장을 봤는지 서해는 한 손에 비닐봉지를 들고 있었다. 단발머리에 화장기가 없는 얼굴, 7년 전보다 나이가 들었다기보다 생기가 빠진 모습이었다. 그녀도 같은 생각일까. 내 얼굴을 빤히 쳐다보던 서해가 먼저 입을 열었다.

"여기서 뭐해?"

"너 기다렸어."

그러자 아무 말 없이 나를 쳐다보던 그녀가 계단을 오르며 말했다.

"들어와."

너무 담담해서 의아할 지경이었지만 나는 말없이 서해
의 뒤를 따랐다.

"밥은 먹었어?"

장 봐온 것들을 정리하며 서해가 물었다. 잘 있었어도
아니고 밥 먹었느냐니. 7년 만의 대화치고는 너무 일상적
이었지만 나는 그제야 점심 이후 아무것도 못 먹었다는
것을 깨달았다. 그렇다고 배고픈 걸 티를 낼 수는 없었다.
밥을 준다고 먹기도 애매하고 안 먹는다고 강경하게 거절
하기도 우스웠다. 먹었다고 말을 하려는 찰나, 서해가 먼
저 선수를 쳤다.

"라면 먹자. 괜찮지?"

대답을 기다리기도 전에 서해는 가스불에 냄비를 올렸
다. 이건 무슨 신호인가. 라면 먹고 갈래도 아니고 라면
먹자라니. 나는 엉거주춤 소파에 앉아 주위를 둘러보았
다. 전체적인 인상은 좁고 어둡고 추웠다. 겉옷을 벗기가
망설여졌다. 난방을 안 하는지 방바닥에 오래된 냉기가

발바닥에 스며들어 발가락이 곱아들었다. 그 와중에 거실에 박스 여러 개가 어수선하게 쌓여 있어서 더 좁아 보였다. 내 시선을 눈치 챈 그녀가 입을 열었다.

"이사 가. 집을 비워줘야 하거든."

나는 내게 채무상속을 하고 돌아가신 김명숙 씨를 떠올렸지만 말을 하지는 않았다. 라면과 김치, 단출한 식단이 차려졌다. 라면 냄새를 맡으니 식욕이 동해서 입안에 침이 고였다. 앉으라는 말을 하기도 전에 내 엉덩이는 이미 식탁 의자에 앉아 있었다. 2인용 식탁은 좁았지만 적어도 소파보다는 따듯했다.

"오랜만이네."

서해가 라면을 덜어주며 말했다. 그러게, 오랜만이다. 아직 상중인 걸 아는 나는 차마 잘 지냈냐는 말은 못 했다. 정신없이 먹는 나와 달리 서해는 몇 젓가락 거들다 말았다. 역시 라면에는 볶음김치지. 우적우적 먹는 나를 그녀가 멍하니 쳐다보다 말했다.

"복스럽게 먹는 건 여전하네."

라면 국물을 마시다 사레가 들렸다. 목구멍이 따가웠

다. 켁켁 거리는 나에게 서해가 물잔을 건넸다. 눈물이 났
다. 그래도 배가 부르니 한결 마음이 편해졌다. 그녀를 가
까이서 보니 화장기가 없는 게 아니고 땀에 번지고 지워
진 거라는 걸 알았다.

"무슨 일 해?"

결혼은 나처럼 안, 아니 못 했을 거고. 직업이 궁금했다.

"미용사야."

나는 괜히 앞머리를 쓸어올렸다.

"사람 말고 개."

"개?"

"애견 스타일리스트야."

"그렇구나."

서해가 개를 좋아했던가. 기억이 안 났다. 내가 알던 서
해가 아닌 처음 보는 낯선 사람과 앉아 있는 기분이었다.

"나는 가맹점 관리하는 영업직이야."

"무슨 가맹점?"

"피자."

"그렇구나."

우리는 잠시 말없이 서로를 바라보았다. 라면 국물 냄새가 주위를 맴돌았다. 나는 이쯤에서 본론을 꺼내야 한다고 생각했다. 혼인신고, 네가 한 거야? 왜 그랬어? 무슨 생각으로? 우리 당장, 이혼해.

"있잖아."

"뭐 좀 마실래, 맥주?"

막 입을 열려는 순간 서해가 이번에도 먼저 선수를 쳤다. 차를 가져왔다는 말을 하려 했지만 서해는 냉장고에서 맥주와 소주를 꺼내왔다. 나에게 맥주를, 자신은 소주잔에 소주를 쫄쫄쫄 따랐다. 나는 망설이다 맥주 캔을 잡았다. 우리는 건배 없이 각자 술을 마셨다. 나는 한 모금을 먹고 싱거워서 소주를 맥주잔에 조금 부었다.

"섞어 줄까?"

서해에게 소맥을 할 거냐고 묻자 그녀는 고개를 가로저으며 말했다.

"뭘 섞어, 지조 없게."

풋, 나도 모르게 웃음이 터졌다. 순식간에 지조 없는 놈이 된 나를 서해가 바라보았다. 그녀의 입가에도 미소가 걸려 있었다. 웃는 모습을 보니 12년 전의 그 얼굴이었다. 그 후 우리는 최근부터 시작해 먼 과거까지 역순으로 살아온 나날을 두서없이 털어놓게 되었다. 비교적 단조로운 나에 비해 서해의 삶은 굴곡이 많았다.

서해는 현재 고급 애완견 호텔에서 일하고 있었다. 그곳의 개들은 사우나를 하고 미용과 마사지까지 받는다고 했다. 그리고 부모님이 차례로 쓰러지셔서 20대부터 시작해서 한 달 전까지 부모님 간병으로 청춘을 다 보냈다. 그 와중에 어머니가 사기도 당했다고. 간병비를 좀 벌어보려고 했던 시도가 실패로 돌아왔다. 그래서 빚 3천만 원이 나에게까지 온 것이군. 나는 서해의 얼굴을 다시 한번 바라보았다. 인생의 펀치를 여러 번 맞은 사람의 달관한 무표정이었다.

"넌 사는 게 재밌어?"

자신의 잔에 소주를 채우며 서해가 말했다.

"태어났으니 그냥 사는 거지, 뭐."

"난 요즘 제일 무서운 말이 뭔지 알아?"

"뭔데?"

"100세 시대라는 말."

단조로운 목소리로 서해는 대답했다.

"이제 120세라던데."

"호러네."

정말 호러 무비 예고편이라도 본 것처럼 서해의 표정이 굳었다. 그리고 감기에 걸렸는지 코를 팽 하고 풀었다. 나도 그렇게 오래 살고 싶은 생각은 없었다. 건강하게 적당히 살되 고독사는 사양. 딱히 지금 죽어도 여한이 남을 거 같지 않았다. 검지로 소주잔 둘레를 살살 돌리고 있는 서해의 왼쪽 손목 안쪽에 어떤 흔적이 보였다. 일자로 그어진 상처였다. 서해는 굳이 감추려 하지 않았고 나도 애써 못 본 척하지 않았다. 씁쓸함과 멋쩍음이 섞인 서해의 표정을 보자 명석이 말한 환멸이란 게 이런 걸까, 문득 스치고 지나갔다.

"개 전용 온천도 있다며?"

분위기를 바꾸기 위해 몸을 앞으로 기울이며 내가 물었다.

"개 오마카세도 있다는데 뭐. 난 온천 한 번도 못 가봤어. 넌 가봤어?"

온천에 가 본 적이 있나? 기억이 안 났지만 지금 이 순간, 가고 싶었다. 따뜻한 곳에서 몸을 녹이고 싶었다.

"다음 생에는 개로 태어나고 싶어. 돈 많고 애 없는 집의 개로 태어나서 삼시 세끼 고기 먹고 개모차 타고 다니는, 존재만으로도 사랑받는 개. 너는?"

나, 나는…….

"뭐 다음 생까지 태어나."

말하고 보니 분위기가 우울해졌다. 부잣집 개로 태어나거나 내생이 없거나. 뭐가 더 좋은 걸까. 서해는 반쯤 찬 소주잔을 만지작거렸다. 그녀는 내 생에 첫 소개팅 상대였다. 세 자매 중 둘째고 언니가 동해, 동생이 남해쯤 될 거라고 막연히 생각했지만 서해는 외동딸이었다. 어쩐지 슬프면서도 애틋한 이름이라고 생각했다. 아름다운 일몰을 볼 때 드는 감정처럼. 손에 잡히지 않는 그 감정과 시간에 취해서 그녀에게 빠져 있던 시절이 떠올랐다. 우리는 네 번의 크리스마스를 함께 보냈다.

"있잖아."

"응?"

서해가 고개를 들어 나를 보았다.

"우리, 온천 갈까?"

서해는 놀란 눈이 되었다. 말해 놓고 나서 나도 놀랐다. 그리고 그 순간, 머릿속에서 명석의 고함 소리가 들렸다. '제정신이냐? 어서 이혼하자고 말이나 해!' 나는 녀석의 채널을 꺼버렸다.

"동정하는 거야?"

서해가 낮은 목소리로 내게 물었다.

"이게 왜 동정이야?"

당황한 내 목소리가 높아졌다.

"나 온천 못 가봤다고 그러는 거잖아."

"실은 나도 못 가봤어. 같이 갈 사람도 없고."

내 말을 끝으로 서해가 차가운 목소리로 말했다.

"라면 다 먹었으면 가."

5. 여행

"노래 다른 거 듣고 싶으면 들어."

플레이리스트가 한 바퀴 돌 동안 조수석에 앉은 서해는 말이 없었다. 어둠이 내린 창밖만을 바라볼 뿐이었다. 겨울이라 해가 짧았다.

"오랜만에 나오니까 좋다."

노래 한 곡이 끝나는 찰나, 나는 서해의 혼잣말 같은 중얼거림을 들었다. 오늘 아침, 무작정 집으로 찾아가 벨을 누르니 서해가 문을 열었다.

"집에 있었네?"

"일요일이잖아."

"나랑 같이 갈래?"

"어디?"

"좋은 데."

불만스러운 표정으로 서해는 나를 올려다보았다. 미친 놈이라고 생각하는 게 분명했는데 한 번만 더 물어보면 장소를 말해주고 가자고 조르려고 했다. 하지만 의외로 서해의 대답은 명쾌했다.

"그래."

10분 후 서해는 작은 가방 하나를 꾸려서 내 차에 탔다. 가는 동안에도 장소에 대해 묻지 않았던 그녀는 도착지에 내려 피식, 웃음을 터뜨렸다.

"온천이 아니네."

"온천 가는 줄 알았어? 여기가 더 뜨겁잖아."

"아줌마도 아니고."

야유와 달리 서해는 서둘러 차에서 내려 걸어갔다. 불가마에 입장하니 가족 단위의 손님과 연인들이 이미 좋은 자리를 선점하고 있었다. 나는 서해의 손을 잡고 그들에게 섞였다. 남들이 하는 것처럼 식혜와 구운 달걀을 사와 출출한 배를 채웠다. 그리고 뜨겁게 달궈진 불가마를 향해 돌진했다. 거적을 바닥에 깔고 우리는 나란히 앉았다. 몸과 마음이 노곤해졌다. 얼마 지나지 않아서 온몸의 땀구멍이 일제히 열리는 게 느껴졌다. 서해의 무릎이 내 무릎에 닿았다.

뜨거운 기운에 몸을 맡긴 채 눈을 감았다. 그러자 어

느 한 시절이 떠올랐다. 모든 걸 다 할 수 있을 거 같은 자신감과 세상에 대한 호기심, 너에 대한 설렘과 네 앞에 서면 왠지 모르게 초조해졌던 성급함, 그런 것들로 점철되었던 시절이. 너를 만지던 손길은 서툴렀고 몸은 뜨거웠다. 손바닥에 자꾸 땀이 찼다. 너를 생각하면 오감 중 감촉이 떠올랐다. 뜨거운 열기, 촉촉했던 여름날의 습기로, 한없이 몸이 무겁고 나른해져서 그냥 네게 빠져서 죽고만 싶었던 나날들. 앞으로 펼쳐질 쇠털처럼 많은 날들을 어떻게 해야 할지 몰라 불안했던 시간들. 내 인생에 그런 날들이 있었다는 게 소스라치게 놀라웠다. 전생의 기억처럼.

팔을 톡, 치는 감촉에 눈을 떴다. 얼굴이 발그레해진 서해가 나가자는 신호를 보냈다. 그녀의 등을 보니 옷이 땀에 젖어 브래지어 형태가 드러났다. 나는 서해를 따라 나가며 그녀의 가느다란 목덜미로 흘러내리는 땀줄기를 바라보았다.

"숨 막혀 죽는 줄 알았네."

머리에 썼던 수건으로 얼굴에 흘린 땀을 닦으며 서해

가 말했다. 땀을 한바탕 흘리고 난 얼굴은 말갛고 뽀얬다. 우리 처음 만났던 20대의 그때처럼. 생기가 차오르자 예뻐 보였다. 특히 내가 좋아했던 건 서해의 옆모습이었다는 게 기억났다. 적당히 볼륨감 있는 이마와 높지는 않지만 쭉 뻗은 콧날이 이어지는 미간의 선이 대체할 수 없을 정도로 아름다웠다. 멍하니 그녀를 쳐다보다가 눈이 마주치자 나는 급히 시선을 돌렸다.

땀이 식으면 다시 불가마에 들어가고 그러다 배가 고파지면 식당에 가서 주전부리를 사 와 먹었다. 대형 브라운관 앞에서 예능 프로그램을 보다가 같이 폭소를 터뜨리기도 했다. 그러면서도 머릿속에서는 끊임없이 명석의 채널을 의식했다. 내가 지금 뭘 하는 거지, 왜 본론을 말하지 않는 거지. 내가 서해를 찾아온 이유, 그녀도 알고 나도 알고 있는 이유. 우리는 무얼 유예하고 있는 걸까.

"오늘 땀을 한 바가지는 흘린 거 같아. 개운해."
서해가 창밖에서 시선을 돌리며 말했다.
"불가마에서 나오는 원적외선이 좋다잖아."

운전을 하느라 시선은 정면을 향했지만 서해가 나를 보고 있는 게 느껴졌다. 운전대를 잡은 손에 힘이 들어갔다. 그녀의 아파트 주차장에 차를 세웠다. 서해는 의자에 몸을 파묻은 자세 그대로였다. 나는 잠시 문 앞까지 바래다줘야 하나 고민했다.

"고마워."

서해가 대시보드를 보며 말했다.

"나도."

불가마에 함께 가준 게 고마웠다. 잠시 정적이 흘렀다. 이 타이밍에 말을 해야 한다는 생각이 들었다.

"우리······."

"라면 먹고 갈래?"

또? 내가 쳐다보자 이번엔 서해가 시선을 황급히 돌리며 말했다.

"집에 그거밖에 없어서."

이런 그녀를 바라보며 나는 명석의 말을 떠올렸다. '첫사랑이 아름다운 이유는 첫사랑의 그가 아름다웠기 때문만이 아니다. 그를 사랑한 것이 아니고, 그를 사랑하는 나의 마음을 사랑한 것이다. 그래서 첫사랑은 이루어지지 않음으로써 완성되는 것이라고.' 어디서 영화 대사를 또 외워가지고. 이 이야기는 법정물인 줄 알았는데 멜로인 걸까.

"그래."

나는 서해를 따라 차에서 내렸다.

6. 통증

의사의 경고가 현실이 되기까지는 며칠 걸리지 않았다. 밤에는 잠이 오지 않을 정도였고 진통제는 먹어도 그때뿐이었다. 잇몸을 조금씩 찢고 나오는 통증을 고스란히 느끼고 있었다. 이럴 바에는 그냥 뽑고 말지, 점심시간에 밖에 나와 치과 건물을 올려다보았다. 아니야, 아직 마음의 준비가 안 됐다. 입맛이 없어서 점심도 거르고 바로 P가맹점으로 향했다. 악질적으로 로열티를 장기 미납하는 지점이었다. 오늘은 무슨 일이 있어도 받아내야 한다. 나는 결전의 날, 출전하는 선수의 비장한 마음으로 운전대를 잡았다. 하지만 한숨이 났다. 그 점주를 생각하는 것만으로도 가슴이 벌렁벌렁거렸다. 소싯적 운동을 했는지 큰 덩치에 미간에 쌍심지를 켜놓고 입도 매우 거칠었다. 어느 날은 반죽하던 도우를 나를 향해 집어 던진 적도 있었다. 스트레스 지수가 올라갔다. 나는 서해를 떠올렸다. 그러자 솟구치던 아드레날린이 옥시토신으로 바뀌는 게 느껴졌다.

서해의 집에는 정말 라면밖에 없었다. 너구리를 좋아하는지 전에는 순한맛을 끓여 주더니 이번에는 매운맛을 끓여 왔다. 우리는 식탁에 마주 보고 앉아 늦은 저녁을 먹었다. 정적 속에 후루룩 소리만이 들렸다. 매운 걸 먹으니 콧잔등에 땀방울이 솟았다. 집 안은 여전히 냉골이었지만 불가마를 다녀온 후라 그런지 그다지 춥지 않았다.

"설거지 내가 할게."

내가 일어서며 말하자 서해가 괜찮다며 만류했다.

"설거지는 원래 손님이 하는 거야."

개수대에 그릇을 담았다. 물때 하나 없는 개수대와 뽀송하게 말라 있는 수세미에서 소박하면서 단정한 서해의 손길이 느껴졌다. 나는 수세미에 세제를 묻혀서 거품을 냈다. 풍성하고 하얀 거품이 일었다. 수세미로 그릇을 문지른 후 따뜻한 물을 틀어서 그릇을 헹굴 때였다. 허리를 감싸는 손길이 느껴졌다. 순간, 긴장해서 몸이 굳었다. 서해가 뒤에서 양팔로 내 허리를 안고 있었다. 그녀의 따뜻한 뺨과 봉긋한 가슴이 숨을 쉴 때마다 등을 통해 느껴졌다. 나는 아무렇지 않은 척 냄비를 헹궜지만 실은 떨어뜨리지 않기 위해 손에 힘을 주었다.

"미안해."

서해가 들릴 듯 말 듯 작은 목소리로 말했다. 그 말에 갑자기 몸에서 힘이 빠졌다. 팔과 어깨, 다리에서. 무장해제가 된 것처럼 모든 게 빠져나가는 기분이 들었다. 나는 뒤돌아서 서해를 안았다. 품 안에 꼭 맞게 그녀의 몸피가 들어왔다. 내 가슴에 그녀의 얼굴이 묻혔다. 지금 1.5배 속으로 뛰는 내 심장 소리를 그녀가 듣고 있을 거라는 생각이 들자 심장은 더 빨리 뛰어 그녀에게 달려갔다. 서해의 숨소리도 부자연스러웠다. 조용한 공간에 두 사람의 숨결과 두 사람의 고동만이 가득 찼다. 두 손으로 그녀의 얼굴을 들었다. 서해는 눈을 감고 있었다. 나는 그녀의 연한 코랄 빛 입술에 입을 맞췄다. 아랫입술을 빨다가 혀를 집어넣자 너구리 매운맛이 느껴졌다.

서해의 혀가 내 안으로 들어왔다. 우리는 입을 맞춘 채로 소파까지 걸어갔다. 나는 소파에 그녀를 눕히고 가슴을 살짝 움켜쥐었다. 움찔 놀라는 그녀의 떨림이 느껴졌다. 카디건 단추를 풀었다. 하나씩 풀 때마다 그녀의 가슴골이 서서히 드러났다. 인디언 핑크색의 브래지어가 드러나고 나는 서해의 젖무덤에 얼굴을 묻었다. 그녀의 체취를 한가득 들이마시자 정신이 아찔해졌다. 젖꼭지를 입에 물었다. 그녀의 낮은 신음 소리가 들렸다. 나는 바지를 서둘러 내렸다. 서해의 치마를 올리고 팬티를 막 벗기려는 찰나.

"잠깐."

서해가 손으로 막았다.

"왜?"

"이건 아닌 거 같아."

서해가 치맛자락을 내리고 카디건을 여미며 자리에 앉았다. 민망해진 나도 바지를 주섬주섬 입으며 물었다.

"내가 무슨 잘못이라도……."

"내 문제야."

서해가 딱 잘라 말하는 바람에 할 말이 없어진 나는 오래된 냉장고에서 들리는 웅 소리를 듣고만 있었다. 잠시 후 서해가 입을 열었다.

"엄마가 여기서 돌아가셨거든."

오랜 기간 신장 투석을 하던 서해 어머니는 일요일 오전, 어지럽다며 소파에 누웠다. 낮잠을 너무 오래 주무신다고 생각했던 서해는 엄마를 부르며 깨웠지만 어머니는 다시 일어나지 못했다.

"정말 자는 듯이 가셨어."

서해는 소파에 손을 얹으며 말했다. 엄마가 돌아가신 자리에 남자와 누워 있기는 좀 그렇겠지. 나는 문득 소파에 세 명이 앉아 있는 느낌이 들었다. 내 옆에 서해의 어머니가 계시다고. 나도 모르게 두 손이 다소곳이 앞으로 모아졌다. 그러자 등줄기에 서늘한 기운이 느껴졌다. 다른 종류의 냉기였다.

'자네는 이만 가지.'

서해의 어머니가 내 어깨에 손을 얹으며 말했다. 차가운 감촉이 부드럽게 나를 밀어냈다.

'서해는 시간이 필요하다네.'

나는 차마 옆을 돌아보지 못한 채 고개만 끄덕였다. 일어서는 나를 서해가 천천히 걸어와 문 앞까지 배웅했다.

가맹점 근처에 주차를 하고 앉아 있자니 옥시토신은 사라지고 부신에서 아드레날린을 비롯한 코르티솔까지 분비하는 게 느껴졌다. 그리고 다시 욱신거리기 시작했다. 진통제 두 알을 꺼내서 물 없이 씹어 삼켰다. 그때 명석에게 전화가 왔다. 받을까 말까 고민하는 사이에 전화가 끊겼다. 그리고 문자가 왔다.

'어떻게 됐어? 만났어? 인생 꼬이지 않으려면 최대한 빨리 정리해라.'

인생은 이미 꼬였다. 서해를 생각하자 치통이 사라지는 거 같았다. 진통제 때문인가. 효과가 이렇게 빠른가. 명석은 혹시나 그 여자가 다른 남자를 만나 아이를 갖게 되면 그 아이는 꼼짝없이 네 친자가 되는 거야, 라고 했다. 혼인 중의 자녀는 법적인 배우자의 자녀로 추정되기 때문이다. 내가 우물쭈물하고 있다는 걸 안다는 듯 명석으로부터 다시 문자가 왔다.

'정신 똑바로 차리고, 잘하자.'

그래, 오늘은 말하자. 서해에 대한 감정은 차치하고 우선 행정적인 문제는 해결해야 했다. 오늘이 지나면 말하지 못할 거 같았다. 나는 시동을 걸었다. 이거 현실도피인가. 악덕 미납 가맹점 점주가 나에게 용기와 명분을 주었다.

서해의 집으로 운전대를 틀었다. 운전 중 콧노래를 흥얼거리고 있는 나를 발견하고 흠칫 놀랐다. 하루에도 호르몬이 이렇게 왔다 갔다 하다니, 벌써 갱년기인 건가. 30대 중반도 안 됐는데? 아니면 사춘기? 고개를 절레절레 젓다가 아파트 입구로 들어가는 서해를 발견했다. 나는 짧게 경적을 울렸다. 서해가 뒤돌아보았다. 그녀의 얼굴을 보는 순간 가슴이 내려앉았다. 서해는 울고 있었다.

장례식에 다녀오는 길이라고 했다.

"친한 사이였나 봐."

"단골손님이었어."

"연세가 많으셨어?"

"그렇지도 않아. 30대니까 한창때 죽었지."

달리 위로할 말을 찾고 있는데 서해가 허공을 멍하니 쳐다보며 입을 열었다.

"내가 그 애 배냇 미용을 해줬거든."

배냇 미용? 내 시선을 느낀 서해가 코를 풀며 말했다.

"푸들이야. 어제 무지개다리를 건넜어."

나는 약간의 황당함과 허탈감이 담긴 눈빛으로 그녀를 쳐다보았다. 직업상 개 장례식에 참석할 일도 있겠구나 싶은 생각이 들었다.

"사람들이 많이 왔더라고. 놀랐어. 그런데 문득 그런 생각이 드는 거야. 내 장례식에도 이 정도로 사람들이 올까?"

　서해는 문득 자신이 죽어 누워 있는 것 같은 기분이
들었다고 했다. 푸들의 영정 사진을 보며 자신의 장례식
을 떠올려보았다. 경황없는 와중에도 검은색 옷을 챙겨
입은 사람들이 하나둘 들어서고 육개장을 훌훌 먹으면
서 사망 경위를 듣는 풍경을. 슬퍼할까? 안타까워할까?
서해는 내 얼굴을 정면으로 바라보며 결심하듯 말했다.

　"나. 이민 가."

　순간, 턱에서 날카로운 통증이 느껴졌다. 진통제 약효
가 끝난 모양이었다.

　"이민? 갑자기? 어디로?"

　"이모가 뉴저지에서 세탁소를 해."

　"그걸 왜 지금 얘기해?"

　나는 화가 났다.

　"내가 너한테 모든 걸 신고할 의무는 없잖아."

　약간 냉정한 표정이 되어 서해가 말했다. 그 표정을 보
니 억울한 마음이 분노를 증폭시켰다.

　"그렇지, 혼인신고도 혼자 한 사람인데."

나도 모르게 말이 나갔다. 이렇게 말을 하려던 건 아니었는데. 서해는 훅 숨을 들이마시며 말했다.

"지금 비꼬는 거야?"

"너 그거 알아? 넌 사람 뒤통수치는 데 정말 천부적인 재능이 있어."

내 의지와 상관없이 말이 나갔다. 이것도 아닌데.

"누가 할 소리. 내 인생이 처음으로 꼬였던 건 너 때문이었어."

서해의 말에 기가 막혔다. 인생 꼬인 건 난데.

"무슨 소리야, 몰래 혼인신고 한 사람이 누군데."

"우리 마지막으로 봤을 때, 네가 한 말 생각나?"

서해가 따지듯 물었다. 물론 생각난다. 아주 오랫동안 풀지 못한 숙제로 남아 있는 말이었기 때문에.

"우리가 왜 헤어져야 하는지 모르겠다고."

그건 지금도 알지 못한다.

7년 전 서해는 책상 서랍 안쪽에 깊숙이 묻혀 있던 혼인신고서를 꺼냈다. 장난처럼 적어 넣은 서로의 이름이 이렇게 쓰일 줄은 자신도 몰랐지만 그녀는 결연한 마음으로 구청에 갔다. 군대 간 지 한 달, 남자친구에게 연락할 방법이 없었다. 답답한 가슴은 터질 듯하고 배는 점점 불러오는 거 같았다. 누구에게도 말을 못 한 채 끙끙 앓았다. 다만, 아이를 지키겠다는 심정뿐이었다.

구청 직원은 앳된 그녀의 얼굴을 몇 번 쳐다보다가 남편은 어디 있느냐고 물었다. 군대요. 고개를 끄덕이다가 갸웃하다가 몇 번 말을 할까 말까 입을 달싹였지만 그녀의 비장하면서도 서러운 표정을 보고는 도장을 쾅쾅 찍어서 서류를 처리해버렸다.

"애가 있다고?"

나는 서해의 말을 끊고 물었다. 그녀는 내 얼굴을 한 번 흘기듯 쳐다보더니 잠시 뜸을 들였다. 나는 누군가의 멱살을 잡고 싶은 느낌을 오랜만에 느꼈다.

서해는 혼인신고를 하고 며칠 후 배가 사르르 하면서 너무 아팠다고 했다. 아기가 나오려면 아직 먼 거 아닌가. 배도 안 나왔는데. 그녀는 의아함과 두려움에 사로잡혔다. 그러다 피가 쏟아지듯 나왔다. 겁에 질린 그녀는 산

부인과로 달려갔다. 초음파로 배를 살피던 의사가 유감이라는 듯 말했다.

"계류유산이네요."

망연자실한 서해의 표정을 보며 의사는 위로했다. 초기 유산은 염색체의 문제라고. 누구의 잘못도 아니라고.

"유산?"

나도 모르게 목소리가 커져서 서해도 나도 깜짝 놀랐다. 맙소사, 아이가 있었다니. 나는 서해를 보며 일곱 살, 이제 막 유치원을 졸업한 여자아이를 떠올렸다. 그녀를 닮아 얼굴이 하얗고 짙은 쌍꺼풀에 인중이 긴 단발머리의 소녀. 아이는 벤치에 앉아 아이스크림을 사러 간 엄마를 기다리며 풍선껌을 불고 있다. 푸, 펑, 푸, 펑. 그러다 자신을 유심히 바라보고 있는 이상한 아저씨를 발견한다.

"아저씨, 누구세요?"

나는 우물쭈물 할 말을 찾지 못한다. 뭐라고 해야 할까? 아임 유어 파더? 아이는 호기심이 가득한 눈빛으로 묻는다.

"유괴범이에요?"

아니, 그런 거 아닌데. 내 대답을 듣기도 전에 아이는 유치원에서 배운 대로 큰 소리로 외친다.

"안 돼요! 싫어요! 도와주세요!"

그러곤 풍선껌을 크게 불어 터뜨린다. 펑.

만약 그 아이가 제대로 컸더라면 저런 딸이 있었겠구나. 엄마 닮아서 아주 당돌하고 귀여운. 나는 정신이 번쩍, 났다. 이건 법정물도, 멜로도 아닌데.

"죽고 싶더라."

왠지 자신의 잘못인 것만 같아서 서해는 무거운 마음을 안고 병원을 나섰다. 그때 누군가를 대책 없이 원망하고 싶었다고. 나도 그녀에게 말하지 못한 이야기가 있었다. 편지를 아무리 보내도 답장이 없어서 첫 휴가를 나오자마자 학교로 찾아갔다. 그때 나를 못 본 척 외면하던 너를 쫓아가 물었지만 아무런 대답도 듣지 못하고 차였다. 그날, 나도 죽고 싶었다고.

"우리 이거 너무 신파다."

"그러게, 윤종신의 〈교복을 벗고〉도 아니고."

"〈교복을 입고〉 아니야?"

"교복을 벗고 만난 사이잖아."

우리처럼. 모든 처음은 이렇게 날것 그대로인 걸까. 서해와 나 사이에 해묵은 시간이 흐르고 있었다. 그 노래 제목에 교복이 들어가지 않는다는 건 나중에서야 알았다.

7. 발치

10분 전에 도착했는데도 먼저 나와 있는 서해를 발견했다. 그녀는 어색한 표정으로 법원 앞에 서 있었다. 반가우면서도 서운했다. 그렇게 빨리 헤어지고 싶은 건가. 나는 조금 떨어진 곳에서 아직 나를 발견하지 못한 그녀를 바라보았다. 서해는 그날 밤 내게 말했다. 새로운 곳에서 새로 시작하고 싶어. 거기나 여기나 고생하는 건 똑같겠지만. 말과는 달리 희망 차 보이진 않았다. 마치, 이 동네에서 저 동네로 이사 가는 사람처럼.

"어쨌든 정리는 하고 가야지. 법원에 가서 이혼 서류에

도장 찍으면 되는 거지? 일을 복잡하게 만든 거 미안해. 이혼 경력 만든 것도 미안하고."

그녀가 땅을 쳐다보며 말했다. 7년 동안 용기가 안 났다고 했다, 나를 찾아올. 괜찮다는 말을 하고 싶었지만 입이 떨어지지 않았다. 그게 너여서 괜찮다고 말하고 싶었는데. 우리는 월요일에 법원 앞에서 만나기로 하고 헤어졌다. 주말 내내 마음이 이상했다. 괜히 초조하고 답답했다. 치통은 최고조였다. 몸과 마음이 너덜너덜해진 채로 야간 진료를 하는 치과를 겨우 찾아갔다. 사랑니가 맹출 중이라고 했다.

"맹출이라."

나는 약간 멍한 상태로 의사를 쳐다보았다. 맹렬하게 솟아오르는 중이구나, 나의 사랑은.

"진작 뽑으셨어야 했는데. 많이 아프셨겠는데요?"

의사의 말에 눈물이 날 뻔했다. 하지만 참았다. 내가 치통 때문에 운다고 오해할까 봐서였다.

"뽑아주세요."

이제 그만 보내줘야죠. 나는 진찰 의자에 누웠다.

"왔어?"

나를 발견한 서해가 손을 흔들다가 어색하게 내려놓았
다. 우리는 11년을 지긋지긋하게 산 부부처럼 약간 사이
를 두고 어색하게 서 있었다. 나는 법원 건물을 한 번 올
려다보았다. 이곳에서 얼마나 많은 커플들이 헤어졌을까.
서로 상처를 주고받고 치를 떨어가며 앞으로 너를 다시
는 보고 싶지 않다고 외면하면서 저벅저벅 각자 걸어 들
어갔겠지. 예식장에서는 나란히 팔짱을 끼고 축복을 받
으며 나왔던 사람들이.

한 명씩 문을 열고 들어가는 30대 후반으로 보이는 남
녀를 바라보았다. 남자가 먼저 들어가고 여자가 그 뒤를
따라 들어갔다. 내가 그들을 쳐다보며 멍하니 서 있자 서
해가 앞장서서 걸었다. 그녀의 뒷모습을 보는데 어디선가
차가운 공기 사이로 낮은 캐롤송이 들려왔다. 그러자 우
리가 함께 보냈던 네 번의 크리스마스가 떠올랐다. 늘 돈
이 부족하고 차도 없었지만 그럭저럭 행복했던 시절의
우리가 다정히 팔짱을 낀 채 지나갔다. 나는 그들을 측
은하게, 한편으로는 애틋한 눈빛으로 바라보았다. 우리에
게 미래가 있을까.

"있잖아."

그들을 보내고 나는 서해에게 한 걸음 다가섰다. 뒤돌아보는 그녀의 손을 잡았다.

"응?"

손을 빼지 않은 채 그녀가 나를 올려다보았다. 경직된 표정이었다.

"우리."

나는 그녀와 눈을 맞추고 말을 이었다.

"살아보자."

서해가 나를 향해 천천히 표정을 풀었다. 장르는 아무래도 상관없었다. 그저 나는 바랐다. 이 이야기가 해피엔딩이길.

첫 졸업

조영주

1

거울을 손에 든다. 얼굴을 비춘다. 작은 눈 작은 코 작은 입, 둥글둥글 적당히 살이 붙은 사람 좋아 보이는 인상의 중년 여성이 보인다. 사람에 따라서는 굼떠 보인다고 생각할 인상이다. 눈가와 입가 근육을 위로 올린다. 아래로 내린다. 근육을 제자리로 돌린다. 이목구비가 작다 보니 표정 변화가 크지 않다. 거울을 내려놓는다. 핸드폰을 손에 든다. 구인 공고를 검색한다. 내가 가진 자격증에 해당하는 회사가 꽤 있다. 치매노인 주간보호센터의 구인 공고를 발견한다. 근처다. 연봉을 확인한다. 나쁘지 않다. 가까우면 출퇴근할 때 시간이 줄어드니 그만큼 이득이다. 나는 바로 주소지를 확인한다.

경기도 평평시 평평동 155-2번지 7층

155-2번지, 기억에 있는 주소다. 지도 앱을 켜서 위치를 확인한다. 예상대로다. 이곳은 15년 전, 내가 일했던 어린이집과 같은 장소다.

내 입꼬리가 올라간다.

이건 뭐지?

감정은 내가 정체를 확인하기도 전에 사라진다. 이곳에 가면 다시 한번 이 감정을 느낄 수 있을까?

입사 지원을 한다. 10분 만에 구인 공고에서 본 전화번호가 핸드폰 액정화면에 찍힌다.

"유향 씨 핸드폰 맞나요? 혹시 바로 면접 보러 오실 수 있을까요?"

여성의 목소리. 대표 이름이 김지선이었다. 그 사람인가.

"아, 실례했습니다. 주소를 보니까 근처에 사시기에 반갑더라고요."

"아닙니다, 갈 수 있습니다."

나는 바로 집을 나선다. 15년 전, 걸어서 출퇴근하던 그 길을 걷는다. 느긋하게 걸어도 20분이면 도착하는 거리다.

그간 단 한 번도 어린이집을 찾지 않았다. 그리움이란 감정을 잊은 탓이다. 처음 감정을 느끼지 못하기 시작했을 무렵엔 몇 번이고 어린이집 생각을 했던 것도 같다. 어쩌면 그곳에 가면 뭔가 느낄지도 모른다고 생각했지만 실천에 옮길 수는 없었다. 가까스로 느낀 감정이 공포일까 두려웠다. 아, 그때는 두려움을 느꼈었군.

코너만 돌면 어린이집이다. 이제 곧 낯익은 단층 건물이 보이리라.

어린이집은 단층 건물이었다. 마당에는 아이들이 직접 일군 텃밭과 놀이터가 있었다. 나는 그곳에서 아이들과 함께 흙을 만지는 게 즐거웠다. 그만둘 때 가장 마음에 걸린 것 역시 텃밭이었다. 내가 심은 방울토마토를 수확하지 못한 게 아쉬웠다.

코너를 돌았다. 어린이집이 보이……지 않는다. 단층 건물 대신 10층짜리 빌딩이 서 있다. 다시 생각해보니 구인 공고의 장소도 건물 7층이었다. 건물을 올려다본다. 아무 감정도 느끼지 않는다. 건물에 들어간다. 엘리베이터를 타고 7층에서 내린다. 로비에 도착하자 낯익은 광경이 보인다. 입구가 아기자기하다. 현관 한쪽 가득 찬 신발장도, 옹기종기 팀을 이루고 앉아 종이접기에 몰두하는 모습도 15년 전의 여느 날 같다. 이 분위기는 너무 낯익다. 아이들이 노인들이 되었다는 사실을 제외하고는 지나치게 15년 전과 닮은 꼴이다. 나는 노인들 사이에서 그 얼굴을 찾는다. 유독 나를 싫어했던 어린이집 원장 윤선자. 윤선자가 이곳의 센터장일 리 없겠지. 대표 이름은 김지선이니까. 다시 한번 가슴에 일렁임이 온다. 구인 공고를 확인했을 때보다 조금 더 큰, 이 정도라면 물결친다고 표현할 수 있을 수준의 감정이다.

"유향 씨 맞으시죠?"

앞치마를 입고 뿔테 안경을 쓴 60대 여성이 내게 다가온다. 얼굴에서 미소가 떠나지 않는 인상이다.

"안녕하세요, 제가 전화 드린 센터장 김지선입니다. 이쪽으로 오시죠."

지선은 나를 사무실로 안내한다.

15년 전 그곳과 닮았다고 느낀 건 섣부른 판단이었다.
이곳은 예전과 여러모로 다르다. 예전엔 탕비실이 없었
다. 응접세트도, 간식도 없었다. 내겐 개인 책상도 없었
다. 다른 선생님들과 책상과 컴퓨터를 공유했다. 컴퓨터
를 써야 할 일이 있으면 우린 각기 집으로 업무를 싸 들
고 갔다.

눈앞의 사무실엔 각기 이름이 있는 책상이 적당히 놓
여 있다. 한쪽엔 낡지만 잘 관리된 응접세트도 있다. 소파
사이에 놓인 낮은 테이블에는 쉬는 시간 직원들 먹으라고
둔 듯한 주전부리가 바구니 가득 쌓여 있다. 바로 옆은
작은 탕비실이다. 냉장고와 커피머신이 적당히 놓였다. 옛
날 모델이지만 모두 잘 관리가 된 듯 반질거린다. 시선을
돌린다. 저 멀리, 낯익은 물건이 보인다. 금고. 15년 전 윤
선자의 말이 떠오른다. 도둑이야. 내가 도둑을 키웠어.

주춤, 뒤로 물러섰다. 내 가슴에 큰 물결, 아니 파도라
고 할 만한 느낌이 왔다.

"왜 그러시죠?"

지선의 질문에 정신을 차린다. 나는 본래의 모습으로 돌아간다.

"아닙니다."

나는 살짝 눈가 주름과 입가 주름을 동시에 만들어 보인다.

우리는 사무실의 응접세트에 마주 보고 앉는다.

"경력이 화려하시네요. 자격증도 많으시고요."

지선이 태블릿으로 내 이력서를 훑으며 말한다.

"저희가 연봉이 좀 적은 편인데 괜찮으시겠어요?"

"집에서 가까운 게 이점이라고 생각했습니다."

"저도 그게 너무 반가웠습니다. 음, 좋아. 따로 전화드릴 것 없이 바로 말씀드릴게요. 함께 일하고 싶습니다. 일주일 후부터 나오실 수 있겠어요?"

이곳은 내게 감정을 불러일으킨다. 마음에 든다. 하지만 즉답할 수 없다. 지선의 태도가 마음에 걸린다.

예전에도 이런 일이 있었다. 어떤 회사에 면접을 보러 갔다. 사장은 지금처럼 내게 호감을 보였다. 면접을 채 5분도 하지 않고 바로 합격시켰다. 당장 그날부터 일을 하라고 했다. 그렇게 첫날부터 밤을 새서 일했다. 다음 날 집에 돌아가 실신한 듯 잠들었다 일어나보니 문자가 한 통와 있었다.

우리랑 안 맞는 것 같네요. ^^

그걸로 끝이었다. 하루 일당 같은 건 없었다. 지선은 겉모습만 보면 사람 좋아 보인다. 하지만 실제로는 엄청나게 직원들을 괴롭히는 사람일지도 모른다. 15년 전, 윤선자도 첫인상은 좋지 않았던가.

"좀 급작스러워서…… 내일까지 생각해보고 말씀드려도 될까요?"

"아, 네. 물론이죠."

지선은 7층 로비까지 나를 배웅해준다. 엘리베이터가 올라오길 함께 기다리며 계속 말한다.

"일주일 후 7시 50분까지 오시면 됩니다. 그때 등본 등 서류 부탁드려요. 아, 물론 오실 마음이 드신다면요."

"알겠습니다."

나는 핸드폰을 꺼내 센터장의 말을 메모한다. 지선은 그런 나를 보며 다시 한번 눈가 주름과 입가 주름을 잔뜩 만들어 보인다.

"문자로 다시 보내드릴게요."

"감사합니다."

엘리베이터 문이 열린다. 안에 두 명의 노인이 타고 있다. 상대적으로 젊은 쪽이 다른 한 명의 휠체어를 보조한다.

"안녕하세요, 어서 오세요."

지선은 열림 버튼을 눌러 나오는 걸 돕는다. 나도 자연스레 옆으로 물러난다. 지선은 내게 했듯이 휠체어를 탄 여성에게 말을 건다.

"윤선자 어머님 맞으시죠?"

나는 굳어버린다. 그대로 엘리베이터를 바라보는 자세로 눈동자만 움직인다. 휠체어에 탄 여성의 얼굴을 훔쳐본다.

휠체어에 탄 노인은 플라스틱 조화가 달린 밀짚모자

에 짧은 커트 머리, 알록달록한 티셔츠에 꽃무늬 몸뻬 바지를 입었다. 15년 전 윤선자는 도도했다. 키는 155센티미터 정도로 작았지만, 허리가 꼿꼿한데다 늘 명품 정장 투피스에 구두를 고집했다. 손에는 늘 에르메스 핸드백을 들고 다녔다. 윤선자는 그 핸드백을 무려 20년 들었다며 이게 바로 진정한 빈티지라고 자랑하곤 했다.

저 노인이 윤선자일 리 없다. 하지만 확신할 수 없다. 휠체어의 노인에게서 윤선자의 얼굴을 발견한 탓이 아니다. 노인의 보호자 탓이다. 보호자가 휠체어 손잡이를 잡은 손, 그 손목에 에르메스가 있다. 내가 아는 윤선자의 에르메스다.

무언가 왔다. 아주 강하게, 내 가슴을 쳤다.

"일단 견학만 하려고요. 정말 그래도 될까요?"

"물론입니다. 어머니 마음에 드시는 게 중요하죠."

지선이 휠체어에 탄 모녀를 데리고 센터 안으로 들어간다. 그 사이 엘리베이터 문이 닫힌다. 엘리베이터가 다시 내려간다. 나는 몸을 돌린다. 지선과 모녀를 뒤따른다.

"안 가시고요?"

지선이 묻는다.

"저도 견학을 좀 하고 싶어서요. 그래도 될까요?"

"물론이죠."

나는 다시 주간보호센터에 들어간다. 슬리퍼를 갈아
신는데 한 남성 노인이 다가온다. 내 손을 꽉 잡는다.

"엄마, 엄마."

이건 무슨 의미일까?

"희성 할아버지, 여기서 이러시면 안 돼요. 저쪽으로
가요."

지선이 웃으며 노인의 손을 내 손에서 떼어준다.

"당황하셨죠? 죄송해요."

"아닙니다."

"하지만 우리 엄마인데. 엄마."

지선은 다른 요양보호사에게 희성을 인도하며 내게 또
한 번 웃어 보인다.

"담담하시군요."

"그럴 수도 있는 일이니까요."

"좋은 재질이에요."

지선의 말에 나는 살짝 미소 짓는다. 지선의 미소를 따라한 것에 불과하지만, 그는 내 미소가 마음에 든 듯하다. 이후 윤선자 모녀와 함께 센터 곳곳을 돌아보는 내내 나와 자꾸 시선을 마주친다.

"저희는 결원이 잘 나지 않는 편입니다. 어르신들은 많이 만족하시거든요. 이사를 간다거나 가정환경의 변화, 혹은 졸업하시는 경우가 아니면 대부분 오래 다니세요."

나는 센터장의 말을 들으며 윤선자의 반응을 살핀다. 그가 무엇이든 말하길 바란다. 진짜 15년 전 원장인지 알고 싶다.

하지만 견학을 마치도록 윤선자는 단 한마디도 하지 않는다.

"정말 좋은 곳이네요. 어머님도 좋아하시는 것 같아요. 잘 부탁드려요."

보호자는 긍정적이다. 지선과 함께 윤선자를 데리고 사무실로 향한다. 나는 다시 센터를 나선다. 이런 나를 향해 지선이 말한다.

"우리 꼭 다시 만나요."

나는 몸을 숙여 인사하며 속으로 생각한다. 일주일 후, 봅시다.

2

직장에서 가장 중요한 건 역학 관계의 파악이다. 직장마다 실세가 있다. 이 센터의 중심인물은 센터장인 지선이다.

지선이 가는 곳마다 웃음이 끊이지 않는다. 모든 사람들이 그를 보고 웃는다. 나는 지선을 따라다니며 그의 일거수일투족을 배운다. 그대로 흉내 낸다.

지선은 이 일을 하기 위해 태어난 사람 같다. 저렇게 끊임없이 사람들과 감정을 주고받으면 피곤할 것 같다. 왜 저렇게까지 하는 걸까.

물론, 그런 티는 내지 않는다. 아니 '못' 한다. 감정을 잃어버린 건 이런 때는 편하다.

점심시간에도 지선은 솔선수범해서 음식을 나눠 준다.

"맛있게 먹어요."

"맛있게 드세요."

"골고루 모두 먹어야 해요."

"골고루 드세요."

다들 잘 대꾸해주지만 개중 몇 명은 내가 말을 걸어도 반응이 없다. 똑같이 하는데도 반응이 없는 건 왜일까. 감정이 없다는 사실을 들켰을까. 자연스레 내 시선은 창가로 향한다.

윤선자. 오늘 그녀는 단 한마디도 하지 않는다. 꼼짝도 안 하고 창밖만 바라본다.

"왜 그래요?"

지선이 내 시선을 눈치챘다.

"신경 쓰여요?"

"아, 아닙니다."

"아닌 게 아닌 것 같은데요. 유향 선생님이랑 같은 날 처음 와서 그런가 봐요?"

"네, 뭐. 그런 것도 같네요."

나는 지선의 표정을 흉내 내 웃으며 말한다.

"여기 맡길게요."

지선은 웃더니 윤선자에게 다가간다. 말을 건다. 윤선자가 살짝 웃는다. 나는 그 반응만으로 또 한 번, 일렁임을 느낀다. 지선은 윤선자마저 말하게 만든다. 대체 무어라 말을 걸었을까. 어떻게 윤선자를 웃게 했을까. 윤선자가 신경 쓰이자 지선을 따라 하는 원숭이 짓이 형식적으로 변한다.

"당근 안 먹어요?"

나는 감정 없는 말을 내뱉는다. 끊임없이 말하던 떠버리가 눈을 크게 뜨고 나를 바라본다.

"아, 그게 아니라 내 말은. 당근을 드시라고요."

이 말투도 이상했나. 한 번 더 말해본다.

"당근을 드셔야 합니다. 당근에는 좋은 영양소가 많습니다."

여전히 반응이 없다. 곤란하다. 떠버리는 몇 번이고 다른 사람들이 그만 좀 떠들라고 해도 들은 체 만 체 무시하는 수준으로 말이 많다. 그런 그가 말을 멈추는 건 이변이다.

"어휴, 당근을 왜 안 먹을까요?"

지선이 끼어든다.

"당근 싫어. 당근은 빨갛잖아."

떠버리가 말한다.

"아니? 이게 무슨 일이지?"

지선이 젓가락으로 당근을 하나 들며 말한다.

"당근은 빨간색이 아닌데요! 주홍색이에요!"

"정말! 주홍색이네. 왜 몰랐지."

"그러게요, 왜 몰랐을까요?"

"나 주홍색은 좋아해. 좋아했던 것 같아."

"당황했죠?"

지선이 내게 속삭인다.

"아닙니다."

"괜찮아요, 티 내도 돼요."

정말 아닌데, 그렇게 안 보이나.

"유향 선생님 보면 처음 이 일 생각했던 날이 자꾸 떠오르네요. 나도 유향 선생님처럼 굳어 있었거든요."

지선에게 나는 첫날이라 긴장한 사람으로 보이나 보

다. 나는 다시 지선의 표정을 카피하며 답한다.

"네, 조금씩 적응되겠죠."

지선은 만족한 표정이다.

오후 오락 시간, 지선이 모두의 앞에서 날 소개한다.

"오늘 새로운 얼굴이 있지요? 오늘부터 함께하실 유향 선생님입니다. 박수!"

모두가 나를 향해 박수를 친다.

"첫날이니까 장기자랑 시간이 있어야겠지요?"

지선이 내게 마이크를 건네며 웃는다.

"안녕하세요. 유향입니다. 여러모로 부족하지만 잘 부탁드려요."

"춤춰! 춤춰!"

"노래해! 노래해!"

마지막으로 노래방에 간 건 언제였더라. 기억도 나지 않는다. 이런 내가 노래를 불러도 될까? 계산이 되지 않는다. 나서지 않는 게 이득이지 않을까? 나는 핑곗거리를 찾아 주변을 두리번거린다. 윤선자가 보인다. 윤선자가 처음으로 나를 바라보고 있다.

"아유, 우리 유향 선생님 많이 긴장하셨네!"

지선이 끼어든다. 무지개색 파마머리 가발 두 개를 가져와 하나는 자신이 쓰고, 다른 하나는 내 머리에 씌워준다. 나는 윤선자부터 살핀다. 윤선자의 표정에 아주 작은 변화가 있다. 살짝 한쪽 입꼬리가 올라갔다.

"자, 노래하고 춤춰보죠! 539 갑니다!"

지선이 노래방 리모콘을 손에 든다. 나도 아는 노래가 흘러나온다. 윤수일의 〈아파트〉.

"별빛이 흐르는 다리를 건너!"

지선의 쩌렁쩌렁한 목소리가 실내를 울린다. 박자에 맞춰 자연스레 몸을 움직인다. 여전히 윤선자는 나를 바라보고 있다. 나는 핑계를 그만둔다. 지선의 노래에 맞춰 몸을 움직인다. 리듬감이 실린 동작에 지선의 목소리가 더욱 커진다. 노인들이 자리에서 일어난다. 박수를 친다. 몇몇은 다가온다. 나를 보자마자 엄마라고 불렀던 희성도 그중 한 명이다. 희성이 내 양손을 자신의 양손으로 잡는다. 우리는 마주 보고 선다.

"엄마, 춤, 나랑 춤."

나는 윤선자를 본다. 윤선자의 다른 쪽 입꼬리 역시 올라갔다. 미소의 신호다. 나는 희성과 춤을 추기로 작정한다. 억지웃음을 지으며 버둥버둥 움직인다.

지선이 그런 우리를 싱글벙글 바라본다. 목청 높여 노래의 하이라이트를 부르짖는다.

"아무도 없는 아무도 없는 쓸쓸한 너의 아파트!"

벽에 걸린 커다란 시계가 네 시를 넘어간다. 퇴근까지 한 시간 남았다.

몇 번이고 윤선자와 눈을 마주쳤다. 윤선자가 살짝 눈가를 일그러뜨리기도 했다. 나도 같은 표정으로 화답했다.

이 정도면 말을 시켜도 좋을 타이밍 아닐까?

나는 윤선자에게 다가간다.

"엄마, 엄마."

희성이 또 날 막아선다.

"엄마, 나 쉬. 쉬 마려."

지선에게 희성을 맡겨야겠다. 지선이 보이지 않는다.

어쩔 수 없이 내가 희성을 데리고 화장실로 향한다. 남자 화장실 문을 연다.

"소변 보고 나오세요."

"엄마, 같이 들어가."

"혼자 들어가요. 할 수 있잖아요."

"엄마, 같이. 같이."

희성이 내 앞치마를 꼭 잡는다.

"이거 놔."

예상치 못한 상황에 다정한 표정을 놓친다. 급히 눈가와 입가에 주름을 만들어보지만 늦었다. 희성이 웃는 얼굴을 지운다. 눈을 크게 뜨고 입가는 경직된다. 희성의 바지가 사타구니를 중심으로 젖어 든다.

"엄마, 나 오줌쌌어……."

희성이 운다. 이럴 땐 어떻게 해야 하지? 바지가 젖었으니 일단 내가 할 수 있는 일은,

"바지 벗을래요?"

희성이 더 크게 운다. 잘못된 대응이었을까.

"괜찮아요, 괜찮아."

지선이 달려온다. 희성을 꼭 끌어안고 '정답'을 말한다.

"괜찮아. 괜찮아요. 괜찮아……."

오줌을 싸면 안아준다. 나는 정답을 머리에 저장한다.

"유향 선생님, 가서 좀 쉬어요."

지선이 내게 말한다. 입가 근육은 움직이지만 눈가 근육은 변화가 없다. 억지웃음이다. 오답에 대한 분노인가. 나는 몇 번이고 첫날 잘렸던 일들을 떠올린다. 그때마다 사람들은 저런 표정을 지으며 내게 안 와도 된다고 하지 않았던가? 나는 머릿속으로 잘릴 경우에 대비한 시뮬레이션을 생각한다.

사무실로 향한다. 문을 닫는다. 응접세트에 앉는다. 배가 고프다. 과자 봉지 하나를 손에 들고 뜯는다. 커피도 한 잔 준비한다.

가슴이 아렸다.

뭔가 뚝, 눈에서 떨어졌다. 과자를 적셨다. 나는 눈에 손을 갖다 댔다. 이건, 눈물?

똑똑.

문 두드리는 소리가 난다.

"네."

문이 열린다.

"많이 놀라셨죠?"

지선이 들어오다가 내 얼굴을 보고 웃는 얼굴을 멈춘다.

"우셨어요?"

나는 손으로 눈의 물을 훔친다.

"아닙니다."

지선은 입가의 근육만 움직여 반응한다. 또 오답인가. 어색한 침묵이 흐른다. 어떻게 반응해야 할까. 나는 벽시계를 보며 대답을 기다린다. 1초, 2초, 3초…….

"뭔가 하실 말씀이 있을까요?"

27초 만에 지선이 다시 입을 연다. 눈가와 입가 주름이 살짝 움직였다. 웃는 표정이다. 정확한 의미는 모르겠지만, 이 질문에는 할 말이 있다.

"있습니다."

"네, 얼마든지 물어보세요."

지선은 여전히 눈가와 입가 근육을 동시에 움직여 웃는 표정을 만든다. 나는 웃음에 안심하고 질문을 잇는다.

"아까, 창가에서 오늘 처음 온 분과 이야기 나누셨잖아요. 무슨 이야기였나요?"

"아, 그냥 계실 만하냐고 물었어요. 언제든 말씀하시라고."

"그랬군요."

"저, 그런데 유향 씨."

"네."

"그것 말고, 혹시 따로 하실 말씀은 없어요?"

"없습니다. 내일 다시 뵙겠습니다."

지선은 의아한 표정을 짓다가 눈가 근육을 쓴다. 저건, 진짜 웃는 표정이다. 이번엔 정답이었군.

"갑자기 웃어서 죄송합니다. 역시 유향 씨는 저랑 좀 비슷하다는 생각이 들어서."

오답이었나. 정답인 줄 알았는데 사과가 돌아왔다.

"첫날 이런 일 겪으셨는데도 담담하게 내일 보자고 하는 게……. 저도 그랬었거든요. 오히려 그만두라고 할까봐 걱정했죠."

"선생님이요?"

"저도 처음 이 일 시작하던 날엔 정말 적응 안 되더라고요. 내가 남을 돌보는 일을 또 할 수 있을까 싶었죠. 지금이라도 안 늦었으니 다 그만두고 재취업을 할까 했죠. 그런데 당시 선배가 그랬어요. 옛날 일은 잊어라. 마음에 담고 각오만 다져라. 누구나 처음은 있다. 그때를 버티면 어떻게든 된다. 한참의 시간이 지나 적응이 되었을 때, 쩔쩔매는 신입이 보이면 그대로 해줘라. 그게 다음으로 잇는 길이다……"

지선이 한 템포 쉰다. 또 27초가 지나도록 말이 없다. 대꾸를 한 번 해야 할까. 아니면 그저 듣고만 있어야 할까.

"아무튼 이곳은 특수한 곳이니깐요. 다들 적응하기 힘든 거겠죠."

이 말에는 반론이 있다.

"어떤 부분이 특수한지 잘 모르겠어요. 이곳이 '치매노인을 보호하는' 시설이라는 건 면접 볼 때 이미 들었는데요."

"네, 그렇죠. 하지만 막상 직접 일하면 다들 적응하기 힘들어하시더라고요. 노인들이 아이처럼 구는 걸 참지 못하는 거죠."

"그걸 알고 취직한 거니까 받아들여야죠. 그게 일이니
까요."

또 한 번, 지선이 웃는다. 왜지?

"유향 선생님은 정말 예전의 저를 떠올리게 하네요."

이상한 말을 자꾸 한다. 좋은 사람의 표본 같은 지선이
어떻게 나랑 닮았단 말인가?

"아무튼, 내일 꼭 다시 봅시다."

잘 이해할 수 없지만 됐다. 어쨌든 첫날은 무사히 넘겼
다. 나는 안심했다.

3

"안녕하세요?"

"좋은 아침이에요."

오늘도 나는 지선을 완벽하게 카피한 대응으로 하루
를 시작한다.

"엄마, 나 왔어!"

나를 가장 반기는 것은 역시 희성이다. 희성은 또 나를 보자마자 끌어안는다. 이 정도는 예상한 반응. 나는 적당한 근육을 움직여 보인다.

"잘 왔어요. 반가워요."

"엄마, 오늘도 재밌게 지내자!"

"새로 오신 선생님이시라면서요."

오늘 희성은 내 또래의 중년 여성과 함께 온다.

"돌아가신 할머니를 만났다고 계속 그러셔서 어떤 분인가 했는데, 직접 뵈니까 정말 닮으셨네요."

"그러셨군요."

"네, 작년에 그만……. 저희 아버님이 무척 힘들어하셨어요."

그녀의 목소리가 낮아진다. 얼굴 근육이 미묘하게 바뀐다. 슬픔의 표현. 나는 그녀를 흉내 내 표정을 바꾼다. 아무 말도 안 하고 그냥 가만히 있는다.

이곳의 사람들에게는 무반응이 잘 통한다. 내가 아무 말도 안 하고 그저 곁에 있는 것만으로 별 이야기를 다

한다.

"그럼 저희 아버님 잘 부탁드려요."

19초 후, 그녀가 말한다.

나는 공감의 표현으로 살짝 웃어 보인다.

"저야말로요."

아침 인사를 마치고 다음으로 넘어간다.

나는 첫 출근일의 기억을 재생해 그대로 행동을 실행에 옮긴다.

"천직이네요."

지선이 놀라 감탄한다.

"역시 유향 선생님은 저랑 좀 닮은 것 같아요."

지선은 여전히 내가 자신을 닮았다고 주장한다. 내 생각에 그와 닮은 점은 외모뿐인 듯하지만. 나는 어디 가도 인상이 좋다는 말을 많이 듣는다. 하지만 막상 일을 하고 나면 외모 때문에 잘리기도 한다. 굼뜨다는 이유로 잘린 적도 몇 번이고 있다. 이번 직장에서 외모는 이득인 듯하다. 이곳의 이용객들은 하나같이 노인이니 다들 나를 편하게 대한다.

지난 일주일 사이 나는 제대로 된 반응이 가능해졌다. 예전 일했던 직장들처럼 기분을 상하게 만들어 일을 그만두면 좋겠다는 수준의 일은 일어나지 않았다. 이곳의 특수성 덕이다. 이곳은 남에게 신경 쓸 만큼의 여유가 없다.

윤선자는 나와 달리 이곳 생활에 적응하지 못했다. 아니, 안 하고 싶은 듯하다. 여전히 창가만 고집한다. 저곳에서 대체 뭘 보는지 모르겠다. 그냥 하늘뿐인데. 나는 아직도 저 노인이 15년 전 원장인지 확신할 수 없다. 오늘은 알아내고 싶다.

나는 여유가 생기자마자 윤선자에게 다가간다.

"무슨 생각 하세요?"

윤선자는 반응하지 않는다. 여전히 창밖 하늘만 바라본다. 하지만 다른 노인들 역시 이런 반응을 보일 때가 종종 있었다. 지선이 내게 가르쳐주었다. 치매노인 중에는 평소 아무렇지 않게 하던 일들을 잊는 경우도 있다. 윤선자는 그게 언어인 경우다. 나는 그 말에 생각했다. 나도 치매일까. 기억이 아닌 감정을 잊는 치매. 나는 윤선자에게 다시 말을 건다.

"예전에 이곳이 어린이집이었잖아요."

"……."

"저곳에 놀이터가 있었잖아요. 그 옆에는 텃밭이 있었
고요."

"……."

"그리고 저도 있었어요. 저, 이곳에서 일했었어요."

"……."

"금고에서 돈 훔쳤다고, 저 혼내셨잖아요. 경찰까지 부
르셨잖아요."

15년 전, 어린이집 금고에서 돈이 없어진 일이 있었다.
큰돈은 아니었다. 20만 원 정도였다. 윤선자는 내가 돈을
훔쳤다고 몰아붙였다. 경찰을 부르겠다고 윽박질렀다. 아
무리 아니라고 해도 믿지 않았다. 결국 경찰까지 왔다.

"기억 안 나세요?"

그녀가 내가 아는 윤선자라면 이 말에 반응할 줄 알았
다. 하지만 아무 반응도 없다. 여전히 창밖을 바라볼 뿐
이다. 어떻게 해야 대화가 가능할까.

나는 또 하나의 옛 기억을 떠올린다.

15년 전, 원장은 우리가 휴게실에서 너무 자주 시간을 보낸다며 창문을 벽장으로 가렸다. 말을 듣지 않는 선생님이나 원생을 그 안에 들여보냈다. 불을 끄고 혼자 있게 했다. 가장 자주 갇힌 건 나였다. 원장은 내 외모를 굼떠 보인다며 싫어했다. 가끔 생각한다. 어쩌면 나는 갇힐 때마다 조금씩 감정을 어둠에 먹혔을지도 모른다.

"기억나게 해드릴게요."

나는 다시 한번 속삭인다. 손을 움직여 커튼을 친다. 윤선자의 어깨가 움찔한다. 입을 천천히 벌린다. 뭔가 말을 하려는 것 같다. 나와 두 눈을 마주친다.

"날 알아보겠어요?"

윤선자가 허우적거리며 커튼으로 손을 뻗는다. 이 반응은 뭘까? 윤선자가 그때의 원장이란 뜻일까? 아니면 그저 치매노인의 집착에 불과할까. 알 수 없다. 하지만 한 가지는 분명하다. 나는 지금, 윤선자가 괴로워하는 모습에서 강렬한 무언가를 느꼈다.

나는 예상치 못한 감정에 당황했다. 급히 커튼을 걷어

남들이 눈치채지 못하게 상황을 정리한 후 그 자리를 피했다. 커튼을 잡았던 양손을 들여다보며 방금 느낀 감정을 되새겼다.

이건 아마도 '그것'인데……. 하지만 왜 그 감정을 느낀단 말인가?

나는 이 감정을 믿을 수 없었다. 다시 윤선자에게 다가가 이 감정을 실험하고 싶었다.

다음 날, 출근해서 다시 기회를 노렸다. 마침내 윤선자가 혼자 있는 때가 생겼다. 나는 다시 조용히 다가갔다. 아무도 보지 못하는 틈을 타서 윤선자의 팔을 살짝 잡았다.

"어휴, 어쩜 이렇게 마르셨을까요."

나는 윤선자의 팔을 쓰다듬는 체하다가 살짝 꼬집었다.

윤선자가 눈을 동그랗게 뜨고 날 바라보았다. 그래도 나는 꼬집은 손을 떼지 않았다. 그대로 더 비틀었다. 윤선자의 눈에서 눈물이 조금씩 흘러나왔다. 그러자 또 그 감정이 왔다.

아, 기쁘다.

나는 내가 느낀 감정에 놀라 윤선자의 팔을 잡은 손을 뗐다. 그 자리를 피했다. 내가 느낀 감정을 몇 번이고 반복해 생각해 보았지만, 이건 기쁨이 맞았다.

지금 나는 윤선자를 꼬집었다. 어제 나는 윤선자가 바깥을 못 보게 커튼을 쳤다. 그런 행동에서 나는 확실한 기쁨을 맛봤다.

다음 날도 나는 다시 한번 이 감정을 맛보고 싶었다. 점심시간, 윤선자가 식판을 받아 밥을 먹을 때 다가갔다. 윤선자에게 포크를 내밀었다.

"여기, 포크요."

그렇게 말하며 윤선자가 손을 뻗는 순간, 일부러 바닥에 떨어뜨렸다. 이번엔 윤선자가 반응하지 않았다. 윤선자는 가만히 날 바라볼 뿐이었다. 이 정도에 반응하지 않겠다는 뜻 같았다. 나는 윤선자의 반응이 섭섭했다. 하지만 사람들의 시선이 있으니 포기할 수밖에 없었다. 새 포크를 갖다준 후 기회를 엿봤다.

이후로 윤선자는 틈을 주지 않았다. 내가 자신을 자

꾸 괴롭힌다는 사실을 깨달은 듯했다. 더는 창가를 고집하지 않고 사람들 사이에 섞였다. 내가 틈을 타서 접근해 살짝 꼬집거나 물건을 떨어뜨려도 모른 체했다.

이 정도로 포기할 내가 아니다. 긴 세월 제대로 된 감정을 느끼지 못한 만큼 더 많은 감정을 갈망했다. 그래서 다음 날 나는, 윤선자를 화장실에 가뒀다.

윤선자가 들어가고 불을 껐다. 예상대로 얼마 지나지 않아 겁에 질렸다. 윤선자가 화장실 안에서 문을 밀었다. 두드렸다. 윤선자는 힘이 약하다. 문을 두드려도 바깥에 소리가 안 들릴 수준이다. 혹여 다른 사람들이 와서 안에 누가 있냐고 물어보면 같은 대답을 반복했다.

"선자 할머니 계세요. 좀 오래 걸리네요."

내 말에 다들 별말 하지 않았다. 다른 화장실을 찾았다.

끄윽. 끅. 문 뒤에서 윤선자의 작은 울음소리가 새어 나왔다. 살짝 문을 열어보니 윤선자가 문 앞에 무릎을 꿇고 있었다. 나는 웃었다. 큭. 크윽. 낯선 소리였다.

"어머, 왜 이러고 계세요."

나는 활짝 웃으며 윤선자를 일으켜 세웠다. 윤선자가

나를 원망스럽게 바라봤다. 입을 벌리지만 말은 나오지
않았다.

"세상에, 더럽게."

나는 자연스러운 웃음을 지으며 윤선자를 휠체어에
앉혔다. 윤선자를 부축해 좋아하는 창가 자리로 데리고
갔다. 다들 우리에게 웃어 보였다.

"유향 선생님은 선자 할머니랑 정말 친해졌나 봐."

"그러게. 단짝이네."

"네, 정말 행복해요."

이 말에는 단 한 치의 거짓도 없었다. 나는 너무나 즐
거웠다.

"잘됐어요."

지선도 기뻐했다.

"그렇게 조금씩 나아가는 거예요. 더욱더 좋아질 거예
요."

또 지선이 이상한 말을 했다. 마치 내가 감정을 잘 느
끼지 못하는 걸 아는 듯한 말투였다.

설마, 정말 아는 건 아니겠지.

처음, 이곳에 왔을 때 나는 윤선자의 정체를 확인하고 싶었다. 그를 통해 감정을 되찾고 싶었다. 하지만 나는 이제 생각이 달라졌다.

기쁨, 이 감정을 유지하기 위해서라면 노인의 정체는 알지 않아도 괜찮았다.

4

내 작은 기쁨은 한 달도 안 되어 브레이크가 걸렸다. 윤선자가 갑자기 센터에 나오지 않았다. 보호자만 혼자 센터를 찾았다. 보호자의 갑작스러운 등장에 나는 불안감을 '느꼈다.' 윤선자가 말을 할 수 있게 된 걸까. 내 행동을 일렀을까.

기쁨을 느낀 후 조금씩 다양한 감정이 날 찾아왔다. 처음엔 감정의 정체를 확실하게 알 수 없었지만, 자주 찾아오니 서서히 분간이 가능해졌다.

보호자는 지선과 사무실에서 대화를 한 후 나왔다. 보

호자는 나오면서 나를 보고 살짝 웃어 보였다. 나도 눈인사를 보냈다. 보호자의 표정에 적의는 없어 보였다.

"유향 선생님, 잠깐만 봐요."

지선이 날 사무실로 불렀다. 지선의 얼굴엔 억지웃음이 떠올라 있었다. 불안감의 표현 같았다. 나는 방금 보호자의 표정에서 적의를 찾지 못했다. 아니었을까. 나는 다시 감정을 읽지 못하게 되어가는 걸까. 이 생각만으로, 나는 감정이 다시 마비된다. 사무실에 들어간다. 응접세트 안쪽에 지선이 앉아 있다. 반대편 소파의 중앙 부분이 살짝 꺼져 있다. 보호자가 앉았던 곳일까. 나는 그 자국에 한 치의 어긋남도 없이 앉기로 한다. 지선과 마주 보고 앉으니 마치 처음 면접 본 날로 돌아온 것만 같다.

"윤선자 어머니가 더는 우리 센터에 오지 못하신다네요."

역시 내가 한 짓을 모두 들켰나.

"유향 선생님께는 말씀드려야 할 것 같았어요. 윤선자 어머니와 친하게 지내시니까요. 가정 형편이 많이 힘드시다네요. 자세한 건 저도 모르겠습니다. 물어보기가 좀 그

래서……. 아무튼 그렇게 됐습니다. 요즘 유향 선생님 표
정도 좋아지셔서 안심했는데, 안타깝게 됐네요."

"네, 안타깝네요……."

진심으로 안타깝다. 다시 내 감정이 잠들어버릴 것만
같아 두렵다.

5

퇴근한다. 잠이 든다. 출근한다. 인사한다. 지선을 닮은
얼굴을 만든다. 노인들을 따라다니며 시중을 든다. 퇴근
한다. 잠이 든다. 출근한다. 인사한다. 지선을 닮은 얼굴
을 만든다. 노인들을 따라다니며 시중을 든다. 퇴근한다.
잠이 든다. 출근한다. 인사한다. 지선을 닮은 얼굴을 만든
다…….

"선생님, 너무 고맙습니다."

희성의 보호자가 잠깐 반복을 멈춘다.

"감사해요. 저희 아버님이 어머님, 저한테는 할머님이

죠, 돌아가시고 치매가 왔거든요. 돌아가신 후 너무 충격을 받으셔서."

"그러셨군요."

"그게, 사실…… 지금은 저렇게 어린애 같으시지만, 원래는 상당히 엄한 분이셨어요. 할머님께도 그러셨고요. 할머님 돌아가고 나시니까 그렇게 후회를 많이 하셨어요. 잘해드렸어야 했다고. 효도해야 했다고. 그러다가 치매가 와서……. 요즘 집에서 얼마나 평화로우신지 몰라요. 제가 왜 이러죠. 저도 모르게 별말을 다 하네요. 아무튼 잘 부탁드려요. 제가 너무 감사해요."

"아닙니다. 괜찮습니다."

지난주라면 나는 희성 보호자의 말에 기쁨을 표현할 수 있었으리라. 지금의 나는 지선 선생님에게 흉내 낸 웃음을 지을 뿐이다.

일주일 전만 해도 나는 확실한 기쁨을 알았다. 불안을, 두려움을, 만질 수 있을 듯 확신할 수 있었다. 가끔은 그게 나을 때도 있다. 지금처럼 누군가 내게 밑도 끝도 없이 자기 이야기를 늘어놓을 때가 특히 그렇다.

여전히 이곳 사람들은 내게 많은 말을 한다. 처음엔 왜 그런지 이해하지 못했지만, 이제는 알 것 같다. 이곳 센터의 평균연령은 지나치게 높다. 요양보호사들도 날 제외하고 모두 50대 중반 이상이다. 모두들 할 말이 많다. 서로 할 말이 많다 보니 들어줄 사람이 없다. 이들에게 말수 없는 나는 귀하다. 게다가 나는 말을 잘 하지 않으니, 어디에 이야기가 새어 나가지도 않는다.

나는 살아 있음을 느꼈던 지난주로 돌아가고 싶다. 이 상황을 두고 볼 수 없다. 더 감정이 사라지기 전 붙잡고 싶다. 내가 본래 상태로 돌아가려면 방법은 하나다. 윤선자를 만나야 한다. 그를 괴롭히고, 희열을 느껴야 한다. 그러려면 해야 할 일은 단 하나다. 나는 행동한다. 모두가 바쁜 사이를 틈타 사무실로 들어간다. 센터장의 컴퓨터를 켜고 윤선자의 집 주소를 찾는다. 핸드폰으로 사진을 찍은 후 모른 체 자리로 돌아온다.

퇴근한다. 핸드폰을 손에 든다. 윤선자의 집 주소를 확인한다.

경기도 평평시 미래동 미래주택 B02호

집 주소를 보는 것만으로 감정이 온다. 놀라움의 감정.
윤선자가 지하에 산다는 게 믿기지 않는다. 가짜 주소 아
닐까?

가서 확인해보면 알 일이다.

걸어서 한 시간, 버스로 15분 거리다. 나는 걸어가는
쪽을 택한다. 걸어가는 동안 할 말을 생각한다.

무슨 핑계를 대야 할까?

나는 윤선자를 괴롭히며 기쁨을 느낀 인간이다. 윤선
자가 이런 나를 반길 리 없다. 대체 가서 무슨 말을 해야
한단 말인가?

하지만 해야 한다. 내게 중요한 것은 나 자신의 감정을
되찾는 일이다.

윤선자의 집 앞에 도착한다. 빌라는 내 예상보다 더 허
름하다. 지난 세기에 지은 건물 같다. 나는 빌라 입구에
서 서성인다. 마침내 한 가지 변명을 떠올린다. 윤선자가
하나쯤 놓고 간 물건이 있을지도 모른다고, 그 말을 하러

들렀다고 하자. 궁색하지만 의심받을 변명은 아니다. 나는 문을 두드린다. 문이 열린다. 보호자가 모습을 보인다.

"어머, 선생님. 일부러 와주신 거예요? 고마워라. 들어오세요, 들어와."

뜻밖이다. 보호자는 내가 준비한 핑계를 말하기도 전에 나를 들어오라 한다.

집 안은 거실을 포함해 방이 두 개 있는 구조다. 거실은 부엌 겸용이기도 하다. 나는 거실로 안내받는다. 소파가 따로 없어 바닥에 앉는다. 보호자가 내 앞에 접이식 앉은뱅이 테이블을 편다. 다시 일어나 주방에서 인스턴트커피를 두 잔 타서 테이블 위에 놓는다.

"어머니는 주무세요. 일부러 찾아오셨는데 어쩌죠."

"두 분이서 사세요?"

"네, 뭐. 그러네요."

"저는 며느리실 줄 알았는데……."

"아, 전 딸이에요. 안 닮았죠?"

내가 아는 윤선자는 아들이 의사랬다. 아들 부부가 그를 모시고 산댔다. 손자도 있었던 걸로 기억한다. 그런데 둘이 산다…… 노인은 윤선자가 아니다?

"다른 형제분은 없으세요?"

"아, 오빠가 한 명 있긴 해요."

그럼 그렇지. 나는 가능한 시뮬레이션을 떠올린다. 윤
선자는 아들도 괴롭혔다. 훗날 아들은 윤선자에게 재산
을 물려받은 후, 여동생에게 엄마를 내쳤다. 그 충격으로
윤선자는 치매가 왔다. 나는 확신에 가까운 생각이 든다.
그 이유는 지금 내 시선이 닿는 곳에 놓인 에르메스 가
방 탓이다.

"어머, 이거요?"

보호자가 내 시선에 반응한다.

"반지하 살면서 이렇게 비싼 걸 갖고 있다니 분수에
맞지 않아 보이죠? 이거 받은 거예요. 예전에 일하던 곳
원장님이 주셨어요. 저희 어머니랑 이름이 같은 분이 하
시던 곳인데, 제가 딸 같다고 무척 예뻐해주셨어요. 그때,
새로 가방 사시면서 필요 없다고 주셨는데……. 나 좀 봐,
뭐라고 떠드는 거야. 죄송해요. 제가 좀 말이 많죠."

타인의 말을 잘 듣는 건 좋은 일이라고 생각했다. 아니

었다.

"어머니는 예전에, 일을 하신 적이 없으시고요?"

보호자가 웃었다.

"그럴 리가요. 평생 집안일만 하셨어요."

속이 메스꺼웠다. 나는 포기할 수 없어 또 물었다.

"뜻밖이네요. 어머니 치매 오시기 전에는 상당히 세련된 분이셨을 것 같은데요. 공부도 많이 하시고."

"어머니 들으시면 좋아하시겠어요. 저희 어머니 사실 무학이세요. 글자도 못 쓰셔서 치매 오신 후로는 대화도 못 해요."

끼이익.

문 열리는 소리가 났다.

"어머, 어머니 깨셨어요?"

나는 서서히 뒤를 돌아보았다. 그곳에 윤선자가 있었다. 윤선자가 나를 향해 손을 들어 보였다. 손가락질을 하려는 걸까. 내게 당한 것을 이르려는 것일까. 윤선자가 든 손은 두 개였다. 양손을 나를 향해 활짝 펴든 채 말했다.

"엄마, 엄마."

윤선자가 나를 향해 활짝 웃었다. 무언가 속에서 울컥 치밀어 올랐다. 나는 입을 가리고 자리에서 벌떡 일어났다.

"죄, 죄송합니다. 저 먼저. 이만."

"선생님, 괜찮으세요?"

서둘러 윤선자의 집을 나섰다. 빌라를 나서자마자 바로 속에 있는 걸 게워냈다. 오늘 먹은 것들이 다 나왔다. 으아아악. 내 입에서 포효에 가까운 소리가 튀어나왔다.

6

손거울을 찾았다. 내 얼굴을 비췄다. 하도 울어 눈은 퉁퉁 부어 있었고 코가 시뻘겠다.

사흘째 출근하지 못했다. 나는 지독한 감정에 빠져 꼼짝도 못 하고 드러누워 있었다. 처음 감정을 못 느끼게 되었을 때를 떠올렸다. 그때 마지막으로 느꼈던 지독한 감정 역시 이것이었다. 자기혐오. 흐릿한 기억을 되새겼다. 내가 감정을 느끼지 않게 된 것은 최소한의 자기방어였다. 우울한 감정을 막아야만 살아남을 수 있기에 감정을 멈췄더랬다. 다시 잊자. 느끼는 법을 잊어버리자. 그래야만 살아남을 수 있다.

소용없었다. 윤선자를 괴롭히며 즐거워했던 나를, 기쁨을 즐기기 위해 그를 진짜 윤선자라 믿었던 나를, 이런 나를 윤선자가 활짝 웃으며 엄마, 엄마 반기던 모습을, 그런 윤선자에게서 도망쳐 모든 걸 게워내는 내 모습을 연이어 떠올렸다. 전화가 진동했다. 핸드폰 액정에 센터 전화번호가 찍혀 있었다. 나는 무시했다. 그냥 이대로 잠들고만 싶었다. 나 자신을 용서할 수 없었다. 아무 죄도 없는 노인을 괴롭힌 내가 싫었다. 나는 다시 잠이 들었다.

문 두드리는 소리에 잠에서 깼다. 머릿속에는 여전히 내가 윤선자를 괴롭히던 모습이 가득했다. 웃으며 좋아하던 나를 떠올리자 다시 혐오감이 밀려들었다. 차라리 그때로 돌아가고 싶었다. 내가 그를 윤선자라고 믿던 그때로.

누군가 계속 문을 두드렸다.

"선생님, 유향 선생님 괜찮으세요? 선생님?"

낯선 여성의 목소리였다. 흥분한 목소리였다. 화가 난 것처럼도 들렸다. 천천히 몸을 일으켰다. 핸드폰에 부재중전화가 잔뜩 찍혀 있었다. 센터 전화번호와 모르는 번호도 다수였다. 메시지도 잔뜩 와 있었다. 날짜를 확인했다. 그새 또 반나절이 지났다.

"선생님, 대답 좀 해보세요!"

핸드폰 화면을 보고 나니 기억이 났다. 지선의 목소리였다. 화가 많이 난 것 같았다. 윤선자의 보호자를 찾아가 사정을 들었을지도 몰랐다. 내가 그간 윤선자를 몰래 괴롭힌 사실을 알고 따지러 온 것을 수도 있었다. 나는 두려움에 몸을 떨었다.

"경찰이라도 불러야 하나?"

경찰. 15년 전 내 편을 들어주지 않은 그 경찰.

"구급차가 낫나?"

15년 전, 윤선자는 금고에서 돈이 없어졌다며 경찰을 불렀다. 경찰은 윤선자의 말을 믿었다. 내 소지품을 뒤졌다. 돈은 나오지 않았다. 그 돈은 다음 날 윤선자의 책상 서랍에서 나왔다. 윤선자가 다른 곳에 쓰려고 뺐다가 잊은 것이었다. 사과는 없었다.

"여보세요? 119죠?"

지금은 내가 확실히 잘못했다. 얼마나 크게 혼이 날지 가늠조차 불가능했다. 경찰이 오기 전 사과를 해야 할 것 같았다. 정상참작을 해줄지도 몰랐다. 겁에 질려 문으로 다가갔다. 문을 열었다. 조심스레 문틈으로 얼굴을 보였다.

"저기⋯⋯."

"선생님, 괜찮아요?"

지선이 다급히 말했다. 연이어 손에 든 핸드폰에 대고 말했다.

"아, 문 열렸습니다! 오시지 않으셔도 괜찮습니다!"

"죄송합니다. 제가, 제가 정말. 죄송합니다."

"괜찮아요? 어디 아픈 데는 없고요?"

"제가 물의를 일으켜서, 제가 잘못해서, 다 죄송합니다. 죄송합니다."

눈물이 났다. 멈출 수 없었다. 죄송하다는 말만 반복할

뿐이었다. 지선은 나를 달래며 집 안으로 들어왔다. 발작하듯 울음을 그치지 못하는 나를 다시 침대 위에 앉혔다.

"저는, 저는 이기적인 인간입니다. 형편없는 인간입니다."

"무슨 일이 있었던 거죠? 왜 그래요. 이야기해봐요?"

"저는 그러니까, 저는……."

말을 하려는데 쉽게 나오지 않았다. 울음만 나왔다. 지선은 아무 말도 하지 않았다. 내가 울음을 멈추길 기다리는 것 같았다. 하지만 나는 두려웠다. 내가 말을 멈췄다가 이어질 말들이, 그 말들이 나를 힐난하는 것일까 봐, 내가 다 잘못했다고 소리 지를 것만 같아 두려웠다. 그래서 나는 울음이 멎어가자 계속해서 같은 말을 반복했다.

"죄송합니다! 저 같은 게 태어나 죄송합니다! 살아 있어서 죄송합니다! 이런 일을 벌여서 죄송합니다! 모든 게 제 잘못입니다!"

양옆 집에서 벽을 두드렸다. 시끄럽다고 소리쳤다.

희미한 기억이 떠올랐다. 오래전, 마지막으로 감정을 느꼈을 무렵에도 이랬었다. 나는 늘 죄송했다. 모든 게 죄송했고, 모두에게 죄송했다. 다 그만두고 싶었다. 죽고 싶었다.

"죄송합니다! 시끄러워서 죄송합니다!"

한 번은 죽으려고 들었다. 하지만 죽고 나서 내 시체를 치울 사람들에게 너무나 죄송했기에 그럴 수 없었다. 생각해보면 그때 죽는 게 옳았었다. 그때 죽었으면 이렇게 민폐를 끼칠 일이 없었다. 나는 왜 그때 죽지 않았을까. 죽었어야 했는데.

"살아 있어서 죄송합니다!"

생각을 곱씹다 결국 기절해버렸다.

7

다시 일어나 보니 나는 또 침대에 누워 있었다. 곁에는 여전히 지선이 있었다.

"죄송합니다!"

나는 놀라 벌떡 일어났다.

"괜찮아요. 누워 있어요."

"하지만 어떻게. 이렇게 신세를."

나는 다시 눈물이 날 것 같았다.

"저는 이런 대접을 받을 사람이 못 되는데요. 너무 죄송한데요."

"괜찮아요. 괜찮아."

"하지만…… 저는 정말……."

나는 결국 또 울음을 터뜨렸다. 고개를 푹 숙인 채 무슨 이야기를 해야 할지 몰라 끅끅 소리만 냈다. 이런 내게 지선이 말했다.

"유향 씨는 정말 저랑 닮았군요. 그래서 남 같지가 않네요."

나 같은 최악의 인간이 세상에 또 있을 리 없었다. 그게 지선일 리는 더더욱 없었다. 그냥 날 위로하려고 하는 말 같았다.

"센터장님은 아무것도 모르세요. 저는 센터장님 같은 사람이 아니에요. 아주 못 돼먹은 인간이에요. 제 실체를 아시면 분명 실망하실 거예요."

지선이 웃으며 핸드폰을 꺼내 보였다. 화면엔 20년 전 신문 기사와 함께 지선의 젊은 시절 간호사복 차림 사진이 담겨 있었다.

그런데 기사 제목이 이상했다.

그 병원에 가면 아픈 이유…… 간호사 A씨의 폭력행위를 고발한다

"예전의 나예요."

기사 속의 간호사 A는 지속적으로 환자들을 괴롭혀왔다. 그런 일이 알려져 결국 기사가 나왔다는 내용이었다.

나도 이 기사를 본 기억이 있었다. 하지만 이 간호사가 지선이리라고는 생각하지 못했다.

"난 그렇게 괜찮은 사람이 아니에요. 그냥 괜찮아 보이려고 노력하고 있을 뿐이에요."

그렇게 말하며 지선이 웃음을 지웠다.

"힘들 때면 나는 감정을 지워요. 그러면 훨씬 낫거든요."

무표정한 지선은 무척 낯익었다. 매일 보는 거울 속, 내 얼굴과 꼭 닮아 있었다. 지선은 다시 웃는 표정을 만들더니 말했다.

"몸 좀 추스르면 나오세요. 다른 사람들한테는 제가 잘 말해놓을게요."

8

일주일 후, 다시 출근했다. 사람들은 아무 일 없었다는 듯 나를 대했다.

"많이 아팠다면서요?"

"코로나예요?"

나는 평소처럼 그저 웃어 보인다.

"엄마, 엄마!"

희성이 날 보자마자 끌어안는다.

"엄마, 어디 갔다 왔어! 희성이 안 보고 싶었어?"

"보고 싶었어요."

나는 웃는 표정을 만든다.

사람들은 이런 내게 평소처럼 대한다. 또 날 잡고 묻지도 않은 이야기를 아주 길게 늘어놓는다.

"떠버리 할아버지가 얼마나 선생님 찾았나 몰라. 우리 엄마 엄마 어디 갔어요? 엄마 어디 갔어요? 한참 찾다가 화장실 앞에서 오줌 싸셨다니까. 평소 그런 실수 안 하시는데 왜 그러셨냐 물었더니 그러시는 거 있지. 오줌 싸면 울 엄마 오잖아요. 울 엄마 보고 싶어요. 어머, 내 정신 좀 봐. 유향 선생님 미안해. 내가 또 혼자 말했지."

"아니에요, 재밌어요."

나는 감정을 지우고 답한다. 지금은 이게 유리하니까.

지선이 우리 집에 오고 간 후, 나는 그의 간호사 시절 기사를 되풀이해 보았다. 기사마다 얄짤없이 지선을 욕하고 있었다. 지금의 지선을 몰랐다면, 나 역시 지선이 엄청난 악인이리라 생각할 수준이었다.

나는 과거의 지선을 알지 못했다. 하지만 지금 내가 아는 지선은 아무리 생각해도 이 기사 속 사람과 전혀 달라 보였다.

20년의 세월은 지선을 다른 사람으로 바꿨다.

나는 어떨까. 15년 전 나와 지금의 나는 많이 다를까.

15년 전, 금고에서 돈이 없어졌을 때 나는 억울해서 울기만 했다. 돈은 다음 날 원장의 서랍에서 발견되었다. 그 소동을 치러놓고 원장은 제대로 된 사과도 하지 않았다. 나는 서운한 기색조차 내지 못했다. 억지웃음을 지으며 없던 일인 셈 쳤다. 그렇게 다친 마음의 상처는 가라앉지 않았다. 결국 일을 그만뒀다. 이후 서서히 감정을 닫아갔다.

지금의 나는 그런 일이 일어나면 어떻게 할까. 당시 상황에 대한 알리바이를 말하리라. 냉정하게 상황을 파악한 후, 해답을 찾아내리라. 어쩌면 경찰이 오기 전 돈의 행방을 알아낼지도 모른다.

나는 차가운 사람이다. 남을 괴롭히고 기쁨을 느끼기도 한다. 그런 자신에게 환멸을 느낀다. 괴로워한다.

다들 그렇게 살고 있을지도 모른다. 적당한 희로애락을 느끼며 그저 하루하루를 살아갈 뿐일지도. 나 같은 최악의 인간이라도, 가끔 내 편한 대로 감정을 열거나 닫으며 살아도 될지도 모른다.

나도 그렇게 살아보기로 한다.

"아침은 먹고 왔어요?"

지선이 내게 말한다.

"오늘은 걸렀네요."

"잘 챙겨 먹어야죠. 사무실에 간식 있어요. 좀 들고 와
요."

친절을 받아들이는 건 어색하다. 나는 그럴 만한 인간
이 아닌 것 같다. 이 감정은 닫고 닫기로 한다.

"감사합니다."

사무실 테이블에 라면과 삼각김밥이 놓여 있다. 삼각
김밥 포장을 뜯어 한 입 베어 물자 감정이 돌아온다.

맛있다.

나는 잠시 마음을 열었다.

9

계절이 바뀌었다. 모든 게 달라 보였다. 반가운 얼굴이

있기도 했다.

"선생님, 우리 왔어요!"

윤선자 할머니가 다시 왔다. 보호자는 그간 실직 상태였다가, 최근 재취업에 성공했다. 요양보호사 자격증을 땄다고 한다.

"우리 여기서 만나니 더 반갑네요?"

보호자가 내게 눈짓을 해 보였다.

"그러게요?"

나 역시 살짝 손을 잡는 걸로 반가움을 표했다.

그간 시간이 날 때마다 종종 윤선자 할머니네 집을 찾았다. 처음에는 내가 저질렀던 실수를 만회하기 위해서였지만, 나중엔 그저 돕고 싶었다.

"너무 잘됐어요."

지선은 이런 속사정까지는 알지 못한다. 나는 말하지 않는다. 나는 여전히 센터에서는 반쯤 감정을 닫는다. 날 지키기 위한 최소한의 방법이다. 이건 지선과 나의 작은 비밀 중 하나다. 내가 웃음으로 무표정을 가장할 때면, 지선이 살짝 무표정을 보였다가 다시 웃어 보인다. 나는 그 무표정을 무언의 허락으로 생각한다. 든든하기 짝이 없다.

오늘도 한 명, 두 명, 할머니 할아버지들이 들어올 때마다 인사를 한다. 그런데 뭔가 이상하다. 희성이 없다.

"이상하네요."

지선이 먼저 이변을 감지하고 내게 말한다.

"그러게요."

이루 말할 수 없는 찝찝함이 든다. 나는 감정을 닫기로 한다. 이런 감정을 드러내는 건 다른 할머니 할아버지들에게 좋지 않다.

다음 날도 희성이 없다. 그다음 날도, 다음 날도……. 일주일이 지나도록 그가 보이지 않는다.

주변에서 자꾸 같은 대화가 들린다.

"희성 할아버지 졸업하실지도 모르겠네."

"그러게. 졸업하시는 걸까."

무슨 뜻일까.

나는 그 대화에 끼어본다.

"무슨 이야기 하세요?"

평소라면 내게 알아서 이야기를 들려줄 사람들이 내가 슬쩍 끼어들면 입을 다문다. 불안한 표정을 짓는다.

"아, 그게……."

"어머 저기, 선자 할머니가 선생님 찾네."

"맞네, 그러네. 가야겠네."

다들 허둥지둥 자리를 피한다.

왜일까.

불길한 예감이 들었다. 나는 이 감정이 마음에 들지 않아 바로 다시 닫아버린다.

"유향 선생님."

지선이 날 부른다. 고개를 돌려보니 흔치 않게 그가 무표정하다.

"잠깐 나 좀 봐요."

나는 더 불안해져 더욱 깊이 마음을 닫는다.

10

나와 지선은 사무실 응접세트에 마주 보고 앉는다. 지선은 웃을 기색이 전혀 없다. 그 탓에 나는 자꾸 불안해질 것만 같다. 나는 마음을 다잡지만 쉽지 않다.

"바로 본론에 들어갈게요."

"그러십시오."

"졸업은 어르신들이 다시는 센터에 오실 일이 없다는 뜻이에요."

"그렇군요."

"이희성 할아버지께서 돌아가셨다는 연락이 왔습니다. 졸업입니다."

"알겠습니다."

"마음, 단단히 잡고 있어요."

"물론입니다."

나는 무표정인 채 사무실을 나선다. 마음을 단단히 먹었는데도 파동이 크다. 무너지면 안 된다고 자신을 계속 타이른다. 요의를 느낀다. 화장실로 향한다. 문고리를 잡다가 희성을 떠올리고 만다.

우리는 이곳에서 문고리를 잡고 함께 들어가느니 마느니 실랑이를 벌였다. 그러다 결국 희성이 오줌을 쌌다. 나는 그런 희성에게 바지를 갈아입겠냐고 물었다.

지금 같으면 말도 안 되는 반응이다.

나도 모르게 웃음이 살짝 났다.

아차.

마음의 빗장이 풀린다. 감정이 몰려든다.

끄윽.

참을 수 없었다. 나는 문을 열고 급히 들어갔다. 화장실에 주저앉아 울었다.

아주 크게, 서럽게.

누군가 문을 두드렸다.

"유향 선생님 괜찮아요? 괜찮아?"

나는 말했다.

"안 괜찮아요! 하나도 안 괜찮아요!"

마이 퍼스트 레이디

정해연

1

"제가 어린 시절 살던 동네는요, 산으로 둘러싸여 있던 동네였어요. 마치 여러 산 가운데에 마을 하나를 내려놓은 것 같은 동네였죠. 그 마을에는 열 가구도 채 되지 않는 사람들이 살았어요. 어린아이라고는 당시 초등학교 2학년이던 저와 두 살 차이 나는 제 누나, 그리고 옆집의 성준이라는 아이 한 명, 아! 이름은 기억나지 않는데 머리를 양 갈래로 묶고 다니는 여자애 하나가 전부였죠. 보자, 네 명이네요, 그러니까. 큰형은 그때 이미 중학생이어서 저희하고는 놀 군번이 아니었어요. 우리는 매일 그렇게 놀았죠. 산에는 사과나무가 심겨 있었어요. 당연히 산

주인이 심었겠죠. 우리는 가을만 되면 그 산으로 가 바닥에 떨어진 사과를 주워 왔어요. 멍이 든 건 그나마 깨끗한 거였고 절반이 썩은 것도 있었는데 그것도 집으로 가지고 와 썩은 부분을 도려내고 먹었죠. 우리 엄마 아빠는 그때 마을에서 한 시간은 걸어 나가야 있는 시장통에서 닭 장사를 했어요. 아빠가 어딘가에서 닭을 가져오면 엄마가 직접 잡아서 팔았죠. 그래서 엄마 아빠와 보낸 시간은 기억나는 게 별로 없어요. 대신 우리가 주워 온 과일을 보며 좋아하던 기억은 있죠. 그게 우리 집의 유일한 간식거리였으니까요.

아뇨, 부모님을 원망한 적은 없어요. 그냥 우리끼리도 잘 놀았으니까 아쉬울 것 없었거든요. 제가 하려는 얘기는 그런 게 아니에요. 잘 들어보세요. 전 그때부터, 아니 훨씬 이전부터 망가져 있었을지 모르거든요.

동네에는 사냥꾼 아저씨가 있었어요. 조선시대 사냥꾼을 떠올리는 건 아니겠죠? 짐승을 잡아 생계를 이어가는 그런 사냥꾼은 아니고요. 공기총으로 새를 잡는 아저씨였어요. 그 새들을 잡아서 먹었는지 어쨌는지는 모르겠

네요. 취미로 잡았을지도요. 그래서 동네 사람들이 다 사
냥꾼이라고 불렀을 뿐이에요. 어느 날이었죠. 그 아저씨
가 산에서 내려오는데 메고 있던 가방 밑에 뭐가 달랑달
랑 흔들리는 거예요. 자세히 보니까 죽은 새였어요. 끈으
로 발을 묶어 가방에 달고 내려오던 중이었죠. 제 누나와
양 갈래머리 아이는 멀리 떨어졌어요. 징그러운 걸 보는
얼굴이었죠. 성준이와 저는 아저씨 옆으로 갔어요. 성준
이는 아저씨에게 새를 보여 달라고 했죠. 어깨를 으쓱 올
리고 있었던 것 같아요. 용감한 척이요? 그랬을지도 모르
겠네요. 선생님 말씀대로 그 나이대 남자 녀석들은 그런
유치한 생각을 많이 했으니까요. 저요? 저도 그 새를 물
끄러미 보았어요. 그리고 그 아저씨한테 말했죠.

부리는 저 주시면 안 돼요?

예뻐 보였어요. 단단하고 매끄러워 보이는 그 부리가
요. 아저씨는 저를 물끄러미 보았죠. 뭔가 재밌는 게 생각
난 듯한 눈길이었어요. 한참을 그렇게 보던 아저씨가 갑
자기 가방을 들썩하더니 앞으로 홱 돌려 매더라고요. 한
손으로는 새의 머리를, 한 손으로는 부리를 잡았어요. 그

리고 음료수병을 돌려 따듯이 양손을 반대로 비틀었죠.

여자아이들이 비명을 질렀어요. 성준이도 뒷걸음질을 치다가 넘어졌고요. 아저씨는 한쪽 입술 끝만 끌어올려 웃으면서 저를 향해 부리를 던졌어요. 부리는 바닥에 떨어졌어요. 그 부리에 붙은 살점이 덜렁거리던 게 기억나요. 그걸 내려다보는데 누나가 저를 마구 당기더라고요. 제가 무서워서 얼어붙었다고 생각했나 봐요. 저는 누나에게 끌려가면서도 그 부리에서 눈을 떼질 못했어요. 갖고 싶다고 생각했어요. 부모님이요? 그 얘기를 듣고 화를 막 내시긴 했죠. 근데 가서 따졌는지 어쨌는지는 몰라요. 다음 날도 똑같은 시간에 장사를 하러 나가셨다는 것만 기억나죠. 그때부터였던 것 같아요. 저는 사람들을 보면 입술을 빤히 보게 돼요. 입술은 정말 다양하게 생겼죠. 살짝 들린 입술, 오동통한 입술, 선이 진한 입술, 얇은 입술, 두꺼운 입술. 그리고 새 부리 같은 아기의 입술. 그런 입술들을 보다 보면 그런 생각이 들어요. 예리한 칼로 저 입술을 잘라내어 갖고 싶다고요."

그렇게 말한 나는 눈앞에 앉은 의사를 보았다. 정신건

강의학과 전문의라는 명패가 올려진 책상 앞에 앉은 그의 얼굴에는 별로 변화가 없었다. 나는 그가 경악할 거라고 생각했는데 예상과는 달랐다. 어쩌면 내담자들의 말에 반응을 보이지 않는 교육을 받았는지도 모른다.

"형제들과의 사이는 어때요?"

나는 인상을 찌푸렸다. 그건 별로 내가 하고 싶은 얘기는 아니었다. 애초에 여기에 온 것도 내 뜻은 아니었다. 그래도 말을 하면서는 재미있었다. 내 얘기에 놀라고 끔찍해하리라고 생각했다. 눈을 크게 뜨고 인상이 일그러지기를 바랐다. 한때는 사이코패스가 아닐까 나 혼자 생각한 적이 있었는데, 전문가도 그렇게 진단하길 바랐는지도 모른다. 그런데 눈앞의 의사는 엉뚱한 이야기만 자꾸 묻고 있다.

"그게 중요한가요?"

"중요하죠. 성격은 대부분 어린 시절에 형성이 되거든요."

나는 입술을 찌그러트렸다. 별로 하고 싶지 않은 얘기지만 내 발로 여기에 왔으니 말하지 않을 수는 없다.

"누나와 형은 엄마 아빠의 자랑이나 다름없죠. 그런 시골 동네에서 가난하게 컸는데도 한 명은 시카고에서 변호사로 살고 있고 한 명은 대기업에 다니고 있으니까요."

"사이는 어떤가요?"

"연 끊고 살아요. 왜 그렇게 됐는지는 모르겠는데 살다 보니 그렇게 됐어요. 부모님이 둘 다 돌아가시고 나서는 딱히 연락할 이유도 없고요."

그렇게 말하면서 눈앞의 의사를 보았다. 깔끔하게 넘긴 머리와 흐트러짐 없는 옷매무새. 셔츠 깃에는 찌든 때 하나 없고 입고 있는 가운에도 얼룩 하나 없다. 나의 이야기에 따라 이따금 키보드를 치는 손가락은 길고 하얗다. 가운의 주머니에 꽂아 놓은 의료기구와 볼펜이 가지런하다. 깔끔한 성격인 것 같았다. 그는 어렸을 때부터 부모의 기대를 받았을 것이다. 머리가 좋고 바르게 컸겠지. 표정은 내보이지 않지만 이 의사가 나를 어떻게 생각하는지는 뻔하다. 페티시즘이 강한 변태.

의사는 모니터에서 눈을 떼고는 나에게로 고개를 돌

렸다.

"최광진 씨는 여성과 아이를 미워해요. 어릴 적 부모님의 사랑을 받지 못한 게 형제 때문이라고 생각하니까요. 그래서 아이나 여성을 해하는 상상을 하는 겁니다. 하지만 실제로는 그런 일을 벌이지 않죠. 그러니까 괜찮아요. 자신을 너무 탓하거나 죄책감을 가질 필요는 없어요."

무슨 말을 하는 거야. 그 소리가 입 밖으로 튀어나오려는 것을 참았다. 부모님이 날 사랑했든 하지 않았든 그건 나에게 상관없었다. 여성과 아이를 미워하다니. 말도 안 된다. 나는 오히려 그들을 사랑한다. 아름다운 입술을 가진 그들을 왜 미워한다는 말인가. 지금껏 내가 하고 싶은 이야기들을 막고, 가족과 연락을 끊고 산다는 이야기를 끌어낸 이유가 모두 저 말을 하고 싶어서인 것 같았다.

하지만 나는 반문하지 않았다. 괜히 이야기를 길게 하고 싶지 않았다. 그에게 나를 이해시킬 이유도 없다.

"제 병명은 뭔가요?"

비웃는 마음으로 물었다.

"중등도의 우울이 있는 것 같아요. 약물과 상담 치료

를 병행하시죠."

"약물, 그렇군요."

웃음을 참으며 고개를 끄덕였다. 의사는 1주분의 약을
줄 테니 먹어본 후, 다시 상담하자고 했다. 나는 순순히
알겠다고 답한 뒤 진료실을 나왔다. 약을 먹을 생각은 없
다. 우울증이 있다고 생각하지도 않는다. 그런데도 왜 여
길 와서 지금껏 쓸데없는 소리를 지껄였냐고 누군가 물
어본다면…….

거기까지 생각한 나는 고개를 들었다. 환자 대기실에
그녀가 앉아 있었다. 입술이 아름다운 그녀. 그녀를 보기
위해 난 오늘 여기에 왔다.

2

그녀를 처음 만난 곳은 내가 일하고 있는 마트에서였
다. 나는 그때 단기 아르바이트로 카트를 정리하는 일을
하고 있었다. 손님들이 사용한 카트가 주차장 카트 보관

소에 모이면 그걸 가져다 일일이 소독하고 다시 사용할
수 있도록 1층으로 옮기는 일을 주로 했다. 나는 길게 엮
인 카트를 밀고 에스컬레이터에 오를 때마다 혹시 모를
사고에 대비해 카트 줄 앞쪽에 사람이 타지 않도록 해야
했다.

"잠시만요. 카트 뒤로 타실게요."

에스컬레이터에 오르려는 사람을 향해 손을 내밀어 저
지하며 카트를 밀었다. 그때 무심결에 고개를 돌렸다. 옆
으로 비켜선 그녀를 본 것이 그때였다.

무표정했다. 쇼핑을 하는 설렘 같은 것도 느껴지지 않
고, 마트에서 일하는 사람에게 친절을 베풀고 있다는 우
월감도 없는, 아무것도 느끼는 것이 없는 인형 같은 얼굴
이었다. 그러나 그녀의 입술은 내 눈을 붙들고 가슴속을
파고들었다. 그런 입술은 처음 보았다. 도톰한 윗입술은
그려놓은 것처럼 선이 또렷했고, 분명 아무것도 칠하지
않았을 텐데도 자연스러운 혈기로 아름다웠다. 안쪽에만
따로 진한 색의 글로스를 바른 것처럼 겉면은 연하고 안
으로 들어갈수록 진해지는 입술 색이 눈길을 사로잡았

다. 아랫입술은 살짝 만져도 탱글할 것같이 윗입술을 받치고 있었다. 그냥 예쁘기만 했다면 그렇게까지 눈길을 끌지는 않았을 것이다. 무심하게 다문 그 입술 끝에 옅은 상처가 있었다. 그것은 마치 액세서리처럼 그녀의 입술을 특별하게 만들어주고 있었다.

"조심하세요!"

갑자기 날카로운 목소리가 들려 문득 정신을 차렸다. 어느새 카트 줄이 에스컬레이터의 끝까지 내려가 있었는데 자칫하면 앞에 서 있던 여자를 칠 뻔했다. 50대 정도로 보이는 여자는 놀랐다는 듯이 인상을 찡그리며 나를 노려보았다. 에스컬레이터 내리는 곳에서 멀뚱히 서 있던 자신의 잘못은 생각하지 않는 모양이었다.

"죄송합니다. 조금 비켜주세요."

나는 사람을 피해 카트를 밀었다. 살짝 고개를 돌려 보았더니 그녀는 에스컬레이터의 중간쯤에 내려오고 있었다. 나는 얼른 카트를 1층 카트 보관소로 옮겼다. 그러고는 눈으로 그녀를 찾았다. 에스컬레이터에서 내려온 그녀는 어느새 마트 안으로 들어가고 있었다. 나는 얼른 입고 있던 마트의 조끼를 벗어 아무 카트에나 쑤셔 넣었다. 내가 이 조끼를 입고 안으로 들어가 여자를 따른다면 여자가 눈치를 챌 수도 있었고 직원들이 이상하게 볼 수도 있었다. 여자는 식품 코너 앞을 천천히 걸었다.

여자는 허벅지의 절반쯤 내려오는 남색 반바지를 입고 있었다. 헐렁한 반팔 티셔츠에서 나온 그녀의 팔은 무척이나 가늘었다. 크록스를 신어서인지 양말은 신지 않았고, 머리는 동그랗게 말아 올려 길이를 알 수 없었다. 스물대여섯 살쯤 되었을까? 어쩌면 그보다 어린지도 모른다. 결혼을 했을 것 같지는 않은데 무슨 일을 하기에 이런 평일 낮 시간에 장을 보러 나온 건지 궁금했다. 나는 여자의 뒤를 따르다 여자가 걸음을 멈추고 물건을 고르면 조금 지나쳐 간 뒤에 다른 물건을 보면서 여자를 관찰했다. 여자는 객관적으로 예쁜 얼굴은 아니었다. 굳이 분류하자면 인상은 평범했다. 쌍꺼풀이 없었고, 화장도 하지 않았다. 입술이 아니라면 기억에 남을 얼굴은 아니었다. 입술을 볼 때마다 심장이 쿵쿵 울렸다.

목이 가늘었다. 목을 두 손으로 잡아 힘을 주면 저 입술은 어떤 모양으로 벌어질까? 자신을 향해 숨을 갈구하듯 헉헉거릴 그 입술을 상상하자 아랫도리에 뭉근한 힘이 들어갔다. 한번 만져보고 싶었다. 집에 잔뜩 사둔 립글로스와 립스틱들을 마음껏 발라 보고도 싶었다. 그러나 어떤 색을 발라도 그녀의 입술 색만큼 아름답고 자연스러운 발색을 할 수는 없을 것 같았다.

그녀는 쳐다보던 물건들 중 콘플레이크를 골라 카트에 넣었다. 유제품 코너에서는 두 개짜리 묶음의 우유를 넣었다. 즉석밥을 샀고, 전자레인지에 데우면 되는 반조리 식품들을 샀다. 그녀가 카트를 밀고 자율계산대로 들어가 바코드를 읽힐 동안 나는 출입구 쪽으로 향했다. 그녀의 눈에 띄지 않게 뒤를 따라갈 생각이었다. 당연한 일이었다. 43년을 살아오면서 만난 적 없던 아름다운 입술을 다시 못 보게 되고 싶지는 않았다.

휴대폰이 울렸다. 나는 그녀에게서 눈을 떼지 않은 채로 전화를 받았다. 전화기 너머에서 들려오는 새된 소리는 마트 사무실 직원의 것이었다. 어떤 고객이 그가 벗어놓은 조끼를 발견해 고객센터에 맡겼는데 거기에 내 명찰이 붙어 있었던 것이다. 대체 근무 중에 어디를 갔으며 조끼는 왜 벗어서 카트에 놓았는지를 따져 물었다. 사무실 직원 여자의 얼굴이 머릿속에 떠올랐다. 처음 아르바이트 면접을 왔을 때부터 마음에 들지 않았다. 비뚜름한 입술로 여자는 앉아서 기다리라고 말했다. 입술은 성격을 반영한다. 정말 찢어버리고 싶은 입술이었다.

"그만둘게요."

말을 내뱉자 상대는 어이가 없다는 듯 목소리를 높였는데 더 들어주고 싶지 않았다. 전화를 끊어버리고 전원을 아예 꺼놓았다. 지금은 아무런 방해도 받고 싶지 않았다.

계산을 마친 그녀가 카트를 밀고 이쪽으로 다가오고 있었다. 주차장으로 가려면 에스컬레이터를 타고 3층으로 가야 하는데 아무래도 차가 없는 모양이었다. 그녀가 미는 카트 안에는 장바구니를 채운 물건들이 들어 있었다. 그녀는 1층 바깥으로 나가 사용한 카트를 보관소에 밀어 넣고 장바구니를 들었다. 나는 여자가 사용했던 카트를 만져보고 싶었지만 참고 지나쳤다. 그녀를 놓쳐서는

203

안 됐다. 1미터 정도 떨어진 거리를 유지하며 그녀의 뒤를 쫓았다.

그녀의 걸음은 빠르지도, 느리지도 않았다. 일정한 속도를 유지하며 걸었다. 장바구니를 오른손과 왼손에 번갈아 쥐면서 20분쯤을 걸어갔다. 주변은 어느새 가정집들로 변했다. 집으로 가는 것 같았다. 그녀가 들어간 곳은 어느 빌라였다. 나는 당연히 안으로 따라 들어가지 않았다. 다만 밖에 난 창을 통해 그녀가 빌라의 꼭대기 층까지 올라간 것을 확인했다. 3층짜리 건물이었다. 잠시 기다리고 있던 나는 3층으로 올라갔다. 3층에는 두 개의 문이 마주하고 있었는데, 한 집의 문에 우체국에서 우편물이 왔다는 메모지가 붙어 있었다. 여자가 들어갔다면 메모지를 뗐을 것이다. 그렇다면 다른 집이 여자의 집이다. 302호. 나는 그 숫자를 눈에 박아 넣었다.

그때부터 나는 빌라의 옥상으로 향하는 계단이나 빌라의 밖에서 여자의 집을 관찰하기 시작했다. 혹시 같이 사는 남자가 있지는 않을까 생각했지만 그렇지는 않은 것 같았다. 여자의 집 현관문은 쉽사리 열리지 않았다.

거의 바깥으로 나오지 않았다. 마치 동면을 하는 것처럼 여자는 집 안에서 꼼짝을 하지 않았다. 마트에 와서 음식들을 산 것도 동면을 위한 일 같았다. 여자의 집 우편함에 우편물들이 쌓여갔다. 여자가 걱정되기 시작할 무렵 그 집의 문이 열렸다. 그 집을 관찰한 지 2주가 지나서였다. 그녀는 다시 특색 없는 옷을 입고 어딘가로 걸어가기 시작했다. 그녀의 뒤를 쫓아 도착한 곳은 정신건강의학과였다. 나는 안으로 들어가지 않았고 복도 끝에 있는 화장실에 숨어 병원을 관찰했다. 그녀는 30분 뒤 약봉지를 한 손에 들고 병원에서 나와 집으로 돌아갔다.

우울증이라도 있는 건지 모른다. 그래서 하루 종일 집에서 나오지 않는 걸까? 가족도 없는 것 같던데, 생활비는 어디서 충당하는 걸까. 알고 싶은 게 많았다. 눈앞에서 그 입술이 움직이는 걸 보고 싶었다. 대화를 하면 그럴 수 있었다. 그러려면 그녀와 가까워져야 했다. 자연스럽게 그녀 가까이 다가갈 수 있어야 했다. 그래서 나도 이 병원에 다니기로 마음먹었다. 일부러 그녀가 오는 시간에 맞추어서 말이다. 결국 나는 오늘 그녀를 만났다.

3

"김예주 님!"

내가 진료실의 문을 닫고 나오자 간호사가 몸을 일으
키며 대기석 쪽을 향해 이름을 불렀다. 나의 눈이 자연스
럽게 그쪽으로 따라갔다. 대기석 쪽에서 나의 그녀가 일
어서고 있었다. 나는 이미 그녀의 이름을 알고 있었다. 그
건 간단한 일이다. 그녀의 집을 알고 있으니 이름을 아는
건 식은 죽 먹기였다. 우편함에서 우편물을 꺼내 보면 되
는 것이니까. '김예주'라는 이름을 알았을 때 굉장히 흡
족했다. 그녀의 입술과 잘 어울리는 이름이었다. 그녀의
입으로 그 이름을 내뱉는 장면이 굉장히 보고 싶었다.
'예'라고 하면서 살짝 벌린 입을 '주'에서 동그랗게 말아
앞으로 내밀면 얼마나 매력적일까.

"들어가세요."

나는 간호사의 말에 대답도 없이 진료실의 문을 열고
들어가는 그녀의 모습을 보면서 너무 아쉬웠다. 따라 들
어가 그녀가 자신의 생각과 상태에 대해 말하는 그 입

모양을 보고 싶었다. 그 입술에 가까이 다가가 냄새를 맡아 보고도 싶었다. 아무 색도 칠하지 않은 그 매력적인 입술에서는 가슴을 두근거리게 하는 살갗 냄새가 날 것 같았다.

"최광진 님?"

내 이름을 간호사가 불렀다. 나는 고개를 돌리고 간호사를 보았다. 김예주는 이미 진료실 안으로 들어간 뒤였다. 조금 더 그녀의 기운을 느끼고 싶었지만 하는 수 없이 간호사가 앉아 있는 스테이션 앞으로 다가갔다. 간호사가 일어나 약 봉투를 내밀었다.

"일주일 치 약이고요, 드시고 일주일 후 다시 오세요."

나는 그렇게 말하는 간호사의 입술을 보았다. 입술이 가느다랗고 주름져 있었다. 어두운 피부 톤에 어울리지 않은 검붉은 립스틱 색이 마음에 들지 않았다. 가까이서 맡아지는 냄새에는 인위적인 것이 잔뜩 섞여 있었다. 향수라도 뿌렸는지 모른다. 나도 모르게 미간을 찌푸렸다.

"네."

"만이천팔백 원입니다."

나는 카드를 내밀었다. 간호사는 그걸 받아 카드 기계에 꽂아 넣었다. 영수증이 뽑혀 나오기를 기다리면서 진료실 문 쪽을 한 번 더 보았다. 아직 그녀는 나오지 않았다. 그녀도 나처럼 어린 시절의 이야기를 잔뜩 하고 있는지도 몰랐다. 그런 생각을 하니 그 짜증스러운 의사 놈이 부러워졌다.

"여깄습니다."

간호사가 내미는 카드를 들고 나는 병원을 나섰다. 그녀를 대기실에서 기다리는 바보 같은 짓을 할 생각은 없었다. 밖에는 비가 내리고 있다. 그리고 내 손에는 그녀가 들고 온 우산이 있었다. 그녀의 우산이 무엇인지, 나는 알고 있었다. 해가 내리쬐는 날에도, 바람이 부는 날에도 나는 그녀의 옆에 있었다. 물론 비가 오는 날에도. 나는 그 우산을 들고 그대로 1층으로 내려가 뒷문으로 통하는 복도 쪽으로 향했다. 그 복도 끝에는 화장실이 있었다. 왼쪽에는 남자 화장실이, 오른쪽에는 여자 화장실이 있었다. 남자 화장실에 들어가 문이 열린 첫 번째 칸에 들어갔다. 그리고 안에 있는 화장실에 그녀의 핑크색 우산을 버렸다. 나는 다시 화장실에서 나와 복도를 걸어 정문 쪽으로 향했다.

그때 맞은편에서 걸어오는 사람이 있었다. 허벅지 절반까지 내려오는 가운을 입은 그는 조금 전까지 내 과거를 캐묻던 그 의사였다. 김예주와의 상담은 끝난 걸까? 그렇다면 빨리 움직여야 한다. 나는 의사를 향해 어색하게 고개를 숙였다. 의사 역시 옅은 미소를 지으며 고개를 숙이고는 조금 전까지 내가 있었던 남자 화장실로 들어갔다. 나는 발걸음을 빨리 해 정문으로 향했다. 거기에는 내가 병원에 들어가기 전 미리 구석에 세워놓았던 내 우산이 있었다. 허리만큼 오는 긴 우산으로 그녀와 둘이 쓰기에는 충분했다.

나는 오늘 드디어 그녀에게 말을 걸어볼 생각이었다. 우산이 없어진 그녀가 당황해하며 머뭇거리고 있을 때 우산을 들고 가 도움을 줄 것이었다. 여자는 물론 경계하겠지만 내가 들고 있는 병원의 약 봉투를 본다면 순순히 도움을 받을지도 모를 일이었다. 물론 나는 그녀의 전화번호를 알아내려 한다거나, 다음 약속을 잡으려 한다거나 하는 무식한 짓은 하지 않을 것이었다. 그녀가 가는 버스정류장까지만 데려다준 후, 발걸음을 돌릴 계획이었다. 그렇게만 해도 그녀는 적어도 한마디는 할 거였다.

'감사합니다.'

무표정한 얼굴과 아름다운 입술로 그 말을 뱉는 상상을 했다. 너무 좋아 흥분하지 않도록 미리 마음을 정돈할 필요가 있었다.

비가 점점 거세어졌다. 우산 밑으로 떨어지는 빗줄기가 빠르기를 더해갔다. 나는 들고 있던 휴대폰의 버튼을 눌러 화면을 활성화시켰다. 벌써 내가 나온 지 15분이 넘었다. 아직도 그녀는 나오지 않고 있었다. 분명 김예주는 나 다음으로 상담실에 들어갔다. 그리고 나는 그녀의 우산을 버리고 나오는 길에 의사가 화장실에 가는 것을 보았다. 그렇다면 상담이 끝났다는 얘기였다. 그런데도 왜 아직 나오지 않을까? 상담이 끝나도 약을 조제하고 계산을 기다리는 시간이 있기는 하지만 그게 이렇게 길어질 수는 없었다.

그제야 나는 내가 큰 착각을 하고 있었다는 것을 깨달

왔다. 이 건물에는 후문이 있는 것이다. 나는 당연히 그녀가 버스를 타기 위해 정문으로 나올 거라고 생각했다. 후문 쪽으로는 상점가가 있어 택시를 잡기도 힘들 테니까. 하지만 지금까지 나오지 않는다는 것은 그녀가 후문으로 갔다는 얘기밖에 되지 않았다. 생각이 너무 짧은 내가 죽도록 원망스러웠다. 잇새로 욕설을 내뱉으며 아까 걸었던 복도를 걸어 후문으로 향했다.

건물의 뒷문은 두꺼운 방화문이었다. 그걸 밀어 열자 비가 쏟아지는 소리가 쏴 하고 빈 복도를 울렸다. 나는 그 자리에 붙박인 듯 섰다. 눈앞에 펼쳐진 광경에 머릿속이 하얘졌다. 살면서 이런 경험은 처음이었다. 눈앞에 보이는 것에 전혀 현실감을 느낄 수가 없었다.

뭔가에 홀린 듯 앞으로 걸어 나갔다. 내 눈 끝에는 그녀가 있었다. 그녀는 건물의 뒷마당 한가운데에 하늘을 본 상태로 벌러덩 나자빠져 있었다. 목에서는 쉴 새 없이 뻘건 핏물이 솟구쳐 빗물에 쓸려 내려가고 있었다. 나는 그녀의 바로 옆까지 갔다. 다리가 풀려 그대로 주저앉을 수밖에 없었다. 나는 떨리는 손을 그녀의 얼굴을 향해 뻗었다. 조금 전까지 있었던, 당연히 있어야 하는 그 아름다운 윗입술이 없었다. 날카로운 것에 베인 듯 깔끔하게 떨어져 나간 입술 대신 허연 이빨이 드러나 있었다.

"억!"

나는 소리가 나는 쪽을 향해 고개를 돌렸다. 뒷마당으로 들어오는 입구에서 한 남자가 엉덩방아를 찧었는지 주저앉아 있었다. 그가 들고 있었을 우산은 옆에 떨어져 있었다. 나는 재빨리 그녀의 목에 난 상처를 손으로 막으며 소리를 질렀다.

"119에 신고해요, 빨리!"

"예, 예!"

남자는 그렇게 말하며 허둥지둥 주머니를 뒤져 휴대폰을 꺼냈다. 남자가 전화를 거는 사이 나는 내 손가락 사이로 연신 빠져나가는 핏물들에서 눈을 뗐다. 입술이 사라진 자리에서도 피가 흘러 그녀의 입안으로 들어가고 있었다. 나는 짐승 같은 얼굴로 주변을 돌아다보았다. 신고에 여념이 없는 남자 외에 다른 사람은 보이지 않았다.

4

경찰은 신고를 한 지 채 10분이 지나지 않아 도착했다. 구급차도 오기는 했지만 김예주의 상태를 확인하고는 이미 숨진 상태라고 말했다. 출동한 경찰은 그 자리에서 어딘가로 전화를 걸었고, 구급대는 아무것도 하지 않은 채 돌아갔다. 경찰 두 명 중 한 명이 뒤 출입구 문턱에 넋 놓고 앉아 있는 남자에게 말을 걸었다. 그는 잔뜩 흥분한 얼굴로 자신이 신고하게 된 경위에 대해 말했다. 그러면서 손가락을 뻗어 나를 가리켰다. 내가 그녀의 목을 지혈하고 있었고, 신고도 지시했다는 걸 말하는 것 같았다. 다른 한 명의 경찰이 나에게 다가왔다. 내 머리를 내려치는 빗줄기가 어느새 사라졌다. 그가 큰 우산을 내 쪽으로 기울이고 있다는 걸 깨달았다. 이미 흠뻑 젖어 상관은 없었지만 굳이 거부하지는 않았다. 그는 우산을 든 나머지 한쪽 손을 주머니에 넣어 간신히 작은 종이 한 장을 빼냈다.

"영인경찰서 형사과 정시운이라고 합니다."

나는 정시운의 얼굴을 보았다. 형사라고는 그다지 느껴지지 않는 외모였다. 얼굴도 작았고, 영화에서 보던 것처럼 그을린 피부도 아니었으며 머리 스타일은 단정했다. 검은색 바람막이 점퍼에 롤업된 청바지를 입고 있었다. 그가 내민 명함이 아니었더라면 어딘가의 대학생이나 젊은 직장인 정도로 생각했을 것이다.

"처음 시신을 발견하셨죠? 많이 놀라셨겠네요."

"뭐……."

나는 말끝을 흐리며 김예주 쪽을 보았다. 그녀는 입을 벌린 채로 하늘을 올려다보고 있었다. 나도 모르게 하늘을 올려다보았다. 아름다웠던 그녀가 마지막으로 보았을 하늘을 나도 보고 싶었다.

사이렌 소리가 들렸다. 경찰차 한 대가 급하게 뒷마당으로 들어왔다. 지구대에서 온 걸로 보이는 조끼를 입은 경찰 두 명이 내려 시신 위에 흰 천을 덮었다. 조금 더 보고 싶었지만 나는 정시운 형사에게로 고개를 돌릴 수밖에 없었다.

"비가 오니 안으로 잠깐 들어가실까요?"

그가 말하는 안이라는 것은 건물의 복도인 것 같았다. 내가 고개를 끄덕거리며 몸을 틀자 그가 바짝 붙어 따랐다. 우산은 내가 건물 안으로 들어가는 내내 내 머리 위를 가려주고 있었다. 좁은 복도에 들어가 돌아서자 마주선 형태가 되었다. 정시운은 주머니 안에서 작은 수첩 하나와 볼펜을 꺼냈다.

"성함이?"

"최광진이라고 합니다."

정시운이 내 이름을 받아 적었다.

"오늘 여기는 무슨 일로 오셨나요?"

나는 그 질문에 해야 할 대답이 그에게 어떻게 받아들여질까 잠시 생각해보았지만 대답하지 않을 이유는 없었다.

"진료를 받으러 왔습니다."

"진료요."

그렇게 말하면서 그는 벽 쪽으로 시선을 옮겼다. 거기에는 층별 안내도가 있었다. 1층에는 카페와 프랜차이즈 햄버거집이, 2층에는 학원과 꽃집, 그리고 부동산이, 3층에는 정신과가 있었다. 정신과를 보며 무슨 생각을 할까 싶어 그의 얼굴을 똑바로 응시했지만 그는 딱히 표정의 변화가 없었다.

"선생님께서 시신을 처음 발견하신 거죠? 그때의 상황을 말씀해주시겠어요? 어디에 가시다가 발견하게 되신 거죠?"

"집에 가다가요."

"댁이 어디시죠?"

수첩에 다시 볼펜을 대기에 나는 주소를 불렀다. 그걸 따라 적은 정시운이 고개를 갸웃하며 말했다.

"그쪽 방향이라면 정문 쪽으로 나가셔야 하는 거 아닌가요?"

가슴에 작은 흔들림이 있었다. 당황해서는 안 된다. 나는 정시운을 똑바로 바라보았다. 그 시선에서 무엇을 읽었는지 그가 변명하듯 말했다.

"아뇨. 선생님을 의심해서 하는 말이 아니라……. 저희 일이 그렇습니다. 작은 것 하나까지도 다 확인해야 하는 일이라서요."

그렇게 말하는 정시운은 모를 것이다. 자신이 주절주절 변명을 늘어놓는 동안 내가 핑곗거리를 정했다는 사실을 말이다.

"편의점에 가려고 했습니다."

"뭘 사실 게 있었나 보죠?"

"우산이요."

"아."

그가 고개를 끄덕였다. 나는 말을 이었다.

"그랬는데 문을 열자마자 그분이 보였어요. 전 처음에 그냥 쓰러진 사람인 줄 알았습니다. 근데 빗물에 시뻘건 피가 흐르고 있는 거예요. 급하게 다가갔는데……. 전 제가 잘못 본 줄 알았습니다. 입술이 없다니. 너무 징그러웠어요."

"그래도 지혈을 해주셨군요."

"죽은 줄 몰랐습니다."

그러고 나서 다른 사람이 뒷마당 안으로 들어왔고 그에게 신고를 부탁했다고 말했다. 이후의 일은 모두 있었던 대로 대답했다.

마찰음 같은 게 들려서 정시운의 어깨 너머로 뒷마당을 보았다. 문이 열린 상태였기에 들어온 승합차를 알아볼 수 있었다. 안에서는 다섯 명쯤 되는 남자들이 내려 이쪽으로 들어오고 있었다. 정시운과 눈짓을 주고받은 그들은 각각 계단을 오르기도 하고 1층에 있는 카페와 햄버거집 안으로 들어갔다. 용의자를 찾으려고 하는지도 모른다.

그들의 뒷모습을 잠깐 보다가 정시운이 나를 보았다.

"가방 같은 건, 없으시네요?"

나는 두 손을 들어 보였다.

"핸드폰과 지갑만 갖고 다니는 편이라서요."

핸드폰과 지갑은 각각 내가 입은 바지의 뒷주머니에 꽂혀 있었다.

"주머니에 다른 건 없을까요?"

나는 그가 무슨 말을 하는지 금방 알아챘다. 없어진 입술을 찾고 있는 것이었다. 나는 아무런 거리낌 없이 양쪽 주머니에 손을 찔러 넣어 아예 속을 뒤집어 보여주었다. 그는 옅은 미소와 함께 감사하다고 인사를 한 뒤 전화번호를 물었다. 내가 부르는 전화번호를 적은 그는 이제 돌아가도 좋다고 말했다. 나는 이리저리로 흩어진 경찰들이 무엇을 찾아내는지 궁금했지만 거기에 더 있을 수는 없었다. 만약 범인을 잡는다면 뉴스에라도 나오지 않을까 싶었다.

그러나 그런 일은 벌어지지 않았다. 이틀 뒤 정시운 형사가 우리 집에 찾아왔다. 나를 주요 용의자로 긴급체포한다고 했다.

5

우리 집에 찾아왔을 때 형사들의 손에는 압수수색영장도 들려 있었다. 내가 지금 형사과에 앉아 있는 이 순간에 형사들이 집을 뒤집어엎고 있을 것이 뻔했다. 그들이 찾으려는 것은 굳이 묻지 않아도 알 수 있었다. 김예주의 입술. 혹은 내가 그녀를 살해했을 것을 입증하는 증거. 그러나 아무리 찾아도 그건 나오지 않을 거였다. 그리고 그 입술이 어디에, 누구의 손에 있을지 가장 궁금해하는 것은 나였다.

이미 알고 있을 이름이며 나이나 주소 같은 것을 굳이 일일이 확인한 정시운 형사는 나를 물끄러미 들여다보았다. 맑은 눈이었다. 나는 그 눈을 피하지 않았다. 그가 내 눈빛에서 읽으려 하는 것이 뻔했기 때문이다. 한참 만에 그는 내게서 눈을 떼며 앞에 놓인 노트북을 나를 향해 돌려놓았다. 내 눈이 자연스럽게 화면으로 향했다. 나는 순간 숨을 쉴 수가 없었다. 나는 화면 속에 있는 그곳을 잘 알았다. 그동안 내가 서성였던 곳이었고, 김예주를 만나는 곳의 시작점이었고 하루를 마무리하는 곳이었기 때문이었다. 그곳은 김예주의 집 앞이었다. 나는 그곳에서 하루를 시작했고 이따금 외출하는 김예주를 따라다녔고, 김예주의 일과가 끝날 때 그 집 앞에서 그녀와 헤어졌다. 나만 알고 있는 동행이었다. 그것을 형사들은 이미 파악하고 있었다.

"김예주 씨를 이미 알고 있었죠?"

거짓말을 할 이유 같은 건 없었다. 나는 그렇다고 답하며 고개를 끄덕거렸다.

"왜 따라다녔죠?"

답은 뻔했다. 나는 그를 올려다보았다. 정시운의 표정
엔 변함이 없었다. 무뚝뚝한 성격을 가지고 있을지도 모
르지만 형사의 습관 같은 건지도 모른다. 나를 힐난하거
나 비웃지도 않고, 나를 용의자로도 보고 있지도 않다.
아. 직. 은. 그러니 모든 것을 말하라는 말처럼 들렸다.

나는 어떻게 대답해야 하는지를 생각하며 내 안에서
많은 단어를 골랐다. 좋아했다. 하지만 그건 완벽히 맞는
대답은 아니었다. 나는 그녀를 좋아하지는 않았다. 그녀
의 입술을 좋아했다. 그렇게 대답할 수는 없다. 그녀의 입
술이 사라진 지금 그런 대답을 했다가는 당장 내가 범인
으로 몰릴 것이 뻔했다.

"말을 걸어보고 싶었습니다."

그건 진심이었다. 말을 걸어 그 아름다운 입술이 움직
이는 걸 보고 싶었다. 어색하게 웃는 웃음도, 살짝 떨리
는 입매도 상상하는 것만으로도 좋았다.

"지금 확인된 것만 근 한 달 동안 여섯 차례 피해자를

쫓아다니셨더군요. 스토킹이라는 걸 몰랐습니까?"

"그런 생각은……."

"말을 건 적 있습니까?"

"없습니다."

"왜죠?"

"천천히 다가갈 생각이었습니다."

들릴 듯 말 듯 형사의 입에서 한숨이 나왔다. 그는 컴
퓨터를 쓱 돌리더니 내 대답을 입력해 넣었다. 키보드를
치는 소리가 멎으며 그는 날카로운 눈을 치켜떴다. 그러
고는 양손을 모아 거기에 턱을 얹었다.

"김예주 씨가 다니시는 정신과에 가셨죠?"

이미 경찰은 나의 동선을 모두 파악하고 있다. 나는 고
개를 끄덕였다.

"네."

"왜 가셨습니까?"

"말씀드렸던 대로 가까워지고 싶었습니다. 그런 데서
얼굴을 익혀놓으면 경계를 풀 것 같았습니다."

'경계'라는 단어는 쓰지 않는 것이 좋았는지도 모른다.

"거기서 진료를 받으셨죠?"

"네."

"무슨 내용이었죠?"

한순간 입안에 솜뭉치가 쑤셔 넣어진 기분이었다. 목구멍이 콱 막힌 듯 아무런 소리를 내지 못했다. 정시운이 나를 노려보던 눈을 내려 책상 위의 서류를 들었다. 그러고는 거기에 적힌 내용을 읽었다.

"어렸을 적부터 입술에 관심이 많았다. 예쁜 입술을 보면 가지고 싶다는 생각이 든다. 뜯어내고 싶다. 맞죠?"

어떻게 대답해야 할지 혼란스러웠다. 내가 아주 곤란한 상황에 처했다는 것만은 알 수 있었다.

"그런 상담을 하긴 했지만 제가 그런 건 아닙니다."

"그럼 완전한 우연이라는 뜻입니까?"

"저는 몰라요. 제가 아니란 말입니다."

정시운이 책상을 쾅 내려쳤다. 주먹이 부르르 떨리고 있었다. 나는 나도 모르게 상체를 뒤로 물렸다. 그는 간신히 화를 참고 있었다.

"범인은 칼로 단숨에 김예주 씨의 동맥을 끊었어요. 그

리고 입술을 잘라갔고요. 그런데 그것뿐만이 아니었어
요. 김예주 씨의 목에 날카로운 걸로 찌른 흔적 말고 다
른 흔적이 있었어요. 짐승의 가죽을 찢듯 양쪽으로 벌린
흔적, 강제로 피부가 찢겨 있었어요. 시체를 훼손했단 말
입니다!"

정시운은 나를 죽일 듯 노려보았다. 그는 차갑게 분노
하고 있었다. 그리고 그 분노는 나를 향해 있었다. 나는
그 눈에서 얼굴을 돌릴 수 없었다. 정시운이 말을 이었다.

"그게 뭘 말하는지 알아요? 그런 짓을 벌이려면 두 손
이 모두 필요하죠. 입술을 자르는데 한 손으로 할 수 없
고, 상처를 벌려 찢은 행위 역시 두 손이 필요하다고요."

나는 그게 무엇을 뜻하는지 알 수 없었다.

"모르겠어요? 그날은 비가 왔어요. 두 손이 필요했던
범인은 우산을 쓸 수 없었죠. 그러니 온몸이 흠뻑 젖었
을 거예요. 우리는 그날 CCTV로 그 건물에서 밖으로 나
간 사람을 다 조사했습니다. 뒷문으로 나간 사람은 없었
고 우산을 가지고 있지 않았던 것도 당신뿐이었어요. 아,
그리고 한 사람 더 있었죠. 김예주 씨."

정시운이 다시 한번 컴퓨터를 이쪽으로 돌려놓았다. 화면에 보이는 영상은 병원 내부라는 것을 알 수 있었다. 멈춰진 그 영상에 내가 김예주의 우산을 들고 나가는 모습이 찍혀 있었다. 다음 영상에는 내가 내 우산을 정문 출입구에 세워 놓는 모습이 있었다. 사건 당일, 우산을 사기 위해 뒷문으로 갔었다는 내 말이 거짓임이 들통나는 순간이었다.

"당신은 일부러 김예주 씨의 우산을 훔쳤어요. 우산이 없어진 김예주 씨는 가장 가까운 편의점으로 갈 생각에 건물의 뒷문으로 향했죠. 당신은 그걸 기다렸다가 뒤를 따랐어요. 최광진 씨의 우산은 건물 정문에 있었죠. 그리고 경찰 출동 당시 당신은 흠뻑 젖어 있었고요. 신고한 사람 외에 우산 없이 후문으로 나가거나, 우산 없이 흠뻑 젖은 사람은 없었어요."

"난 아니에요! 신고도 내가 하라고 그런 거라고요!"

일순 TV의 볼륨을 높인 것처럼 정시운의 목소리가 커졌다. 마치 소리로 자신을 내려치는 듯했다.

"당신이 죽이고 사람이 오니까 신고를 하라고 한 것

아닙니까?"

"절대 아닙니다!"

"최광진 씨. 2월 27일 밤 10시에 뭘 하셨죠?"

나는 느닷없는 질문에 눈을 크게 떠 정시운을 봤다. 2월이라면 벌써 넉 달도 전의 일이다. 그때는 김예주를 알지도 못했다. 그날이 무슨 날인지 나는 아무리 생각해도 짚이는 데가 없었다.

6

"2월 27일이요?"

나는 정시운 형사가 무슨 의미로 그 날짜에 대해 묻는지를 이해하지 못했다. 둥그렇게 뜬 내 눈을 보고 정시운 형사는 책상 한편에 놓인 달력을 몇 장 넘겼다. 그러고는 휙 돌려 나를 향해 보여주었다. 2월의 달력이었다. 내 눈이 반사적으로 27일로 향했다. 화요일, 평일이었다.

"평일이니까 일을 했겠죠."

"아뇨. 밤 11시부터 12시 사이 말입니다."

나는 미간을 살짝 찌푸렸다. 그 시간이라면 대부분 침
대에 누워 유튜브나 TV를 보았다. 그러나 그날도 그랬다
고 확신할 수는 없었다. 연초였고, 비슷한 시기쯤 마트
직원들끼리 단체로 회식이 있었다. 정확한 날짜는 기억
나지 않았다. 그런 점을 말했더니 정시운이 굳은 얼굴로
말했다.

"비가 왔던 날이라 회식을 했다면 기억이 나실 텐데
요."

"비가 온 날에 회식한 기억은 없습니다."

"회사에 확인해보면 되겠군요."

"그런데 그날이 뭔데요? 뭔지 알아야 저도 정확히 기
억해보지 않겠습니까?"

"수사 상황에 관한 일이라 자세히 말씀드릴 수는 없습
니다."

무슨 일인지 알지는 못했지만 사건과 뭔가 관련이 있
을 거라는 짐작은 들었다. 이 형사는 지금 나를 유력한
용의자로 정해놓고 수사를 하고 있다는 생각이 강력하게

들었다. 답답했다.

"저를 의심하시는 것 같은데요, 전 진짜 아닙니다. 제가 병원에서 그런 말을 한 건 맞지만 그렇다고 해서 갖고 싶다는 말이 갖겠다는 말과 똑같지는 않습니다. 마음이 있다고 무조건 범죄를 저지릅니까?"

"무조건은 아니라도 몇몇은 실행에 옮기죠."

"이보세요!"

내 목소리가 높아졌다. 정시운 형사는 상체를 뒤로 물리며 나를 저지하듯 손을 내밀었다.

"말이 그렇다는 거지 선생님께서 그랬다는 얘기는 아닙니다. 그리고 의심한다기보다는 조사상 전부 확인해야 해서 그런 거니 오해 없으시기 바랍니다."

말은 그렇게 하고 있지만 진심이 아니라는 것은 알 수 있었다. 내가 분을 참지 못해 아랫입술을 깨물고 있는 사이 정시운은 회사에 관한 몇 가지를 더 물었다. 근무시간과 전화번호 같은 것이었다. 특별히 가까운 직원이 있느냐고도 물었다.

순순히 대답을 했고, 퇴사했다고도 말했다. 그 와중에

도 난 머릿속으로 2월 27일에 대한 생각을 떨쳐낼 수가 없었다. 분명 그날 뭔가의 사건이 있었던 거라는 확신이 들었다. 그리고 그 사건은 이번 김예주의 사건과 연결되어 있는 게 분명하다.

"오늘 조사는 이쯤에서 마치겠습니다."

정시운 형사가 노트북 너머로 나를 똑바로 쳐다보았다. 나는 "수고하셨습니다" 같은 말은 나오지 않아서 낮은 한숨을 내쉬고는 자리에서 일어섰다. 나를 따라 정시운 형사가 일어섰다. 인사를 하려는 것보다는 주지시켜야 할 사항이 있어서였다.

"필요하다면 또다시 연락을 드릴 수도 있을 것 같습니다. 웬만한 일 아니면 주소지를 벗어나지 마세요."

내가 쳐다보자 "잘 부탁드리겠습니다" 하며 고개를 숙여 보였다. 나는 그대로 몸을 돌려 형사팀 사무실을 빠져나왔다.

복도를 걸어 주 출입구를 나와 계단을 내려섰다. 경찰서 밖 도로로 향하던 나는 걸음을 멈추고 휴대폰을 꺼내 들었다. 인터넷을 열어 포털사이트에 접속했다. 잠깐 고민한 후 '영인시'와 '사건'이라는 단어를 넣어 검색했다. 몇 가지 뉴스가 떴는데 가장 상단에 있는 기사의 제목에 [속보]라고 찍혀 있어서 곧장 눈길이 갔다.

 [속보] 영인시 하천변에서 훼손된 시신 발견

 아래에 있는 뉴스들도 관련된 기사였다. 속보 뉴스를 열어 보았다. 뉴스가 올라온 날은 2월 28일이었다. 정시운 형사가 27일에 밤에 대해 물었던 걸로 보아 사건은 27일 밤에 난 것일 테고, 시신 발견이 28일인 것 같았다. 그런 짐작을 증명이라도 해주는 것처럼 28일 새벽 운동을 나온 주민의 신고로 시신이 발견됐다는 내용이 있었다. 시신은 훼손된 상태였다고만 적혀 있을 뿐 정확한 정보를 알 수는 없었다. 하지만 나는 확신할 수 있었다. 그 훼손이라는 것은 분명 입술이 잘려 나간 것일 테다. 그러니 연쇄 사건이라고 보고 나에게 27일의 행적을 물었던 거였다. 나는 스크롤을 내려가며 올라온 뉴스들을 자세히 확인했다. 그 결과 작년에도 훼손된 시신에 대한 기사가 있는 걸 알았다. 이것도 같은 사건일까? 하지만 뉴스에서는 연쇄살인 사건에 대한 보도는 없었다. 주민의 불안을 막기 위해 엠바고를 한 건지도 모른다.

'비가 왔던 날이라 회식을 했다면 기억이 나실 텐데요.'

나는 정시운 형사의 말을 떠올렸다. 정시운은 27일 밤에 비가 왔다고 말했다. 김예주가 죽던 날도 비가 왔다. 나는 작년의 뉴스가 올라온 날짜를 확인해 검색해보았다.

그날도 비가 왔었다.

이건 뭔가 있다는 생각이 들었다. 나는 도로변으로 나가 달려오는 택시를 향해 손을 흔들었다.

병원 건물의 뒷마당에는 폴리스라인이 아직도 둘려 있었다. 아예 출입을 금한다는 안내문도 붙어 있었다. 아직 조사가 완전히 끝난 건 아닌 모양이었다. 그렇다고 경찰 인력이 지키고 있는 것은 아니라서 나는 폴리스라인 아래로 몸을 숙여 뒷마당으로 들어갔다. 그리고 중간쯤에서 걸음을 멈췄다. 김예주가 나자빠져 있던 바로 그 자리였다.

선 채로 주변을 둘러보았다. 이 건물에는 카페와 식당 병원들이 들어와 있다. 내부의 CCTV를 통해 우산 없이 정문이 아닌 곳으로 나간 사람은 나 이외에는 없는 것을 확인했다고 했다. 하지만 뒷마당으로 연결된 창문을 통했다면 어떨까? 나는 뒷마당에서 보이는 창문들을 훑었다. 카페와 햄버거집의 창문이 이쪽으로 나 있기는 하지만 거기서 사람을 불러 해쳤다면 내부에 있는 점원이나 다른 손님들이 몰랐을 리 없다. 그러던 중 나의 눈에 작은 창문 하나가 눈에 들어왔다. 나는 그 창문이 어디로 나 있는 건지를 알았다. 바로 건물 내부에 있는 남자 화장실에 난 창문이다. 사람이 드나들 만한 크기는 아니었다. 하지만 여기에 서서 그 여자를 불렀다면 어땠을까. 가까이 온 그 여자를 해친 뒤 온 힘을 다해 밀어버리면 뒤로 나가떨어지면서 마당 중간까지 가는 것도 무리는 아닐 것 같았다. 그리고 그렇게 한다면 경찰이 말했던 것처럼 온몸이 젖지 않고도 양손으로 일을 벌일 수 있다.

김예주에 대해 생각했다. 병 때문이든 뭐든 매일 집에

스스로를 가두고 사는 사람. 병원에 오는 일만 아니면 외출이 없던 사람. 그런 여자가 모르는 사람이 부르는데 가까이 다가왔을까, 그것도 남자 화장실로? 자주 이용하지 않았다면 남자 화장실이라는 건 몰랐을 수도 있다. 하지만 누군가 가까이 오라고 했다면 아는 사람이 아니고서야 경계하지 않았을 리 없다.

갑자기 터트리는 조명처럼 나의 머릿속에서 뭔가가 터졌다. 나는 그 찰나의 순간 속에서 어떤 장면 하나를 찾아냈다. 그날, 나와 스쳐 지나갔던 한 남자가 있지 않았던가. 화장실에서 나오던 남자, 김예주가 경계하지 않고 다가올 수 있는 남자.

나는 그 남자가 보이기라도 할 것처럼 건물 3층의 정신건강의학과 간판을 올려다보았다.

7

의사는 의사일 뿐이지 이름이 궁금한 적은 없다. 나는

이제야 의사의 책상 위에 놓인 명패를 쳐다보았다. 이윤기. 한자로는 어떤 의미를 갖고 있을까? 저 이름을 지을 때 그의 부모는 어떤 바람을 했을까. 물끄러미 쳐다보는데 이윤기가 말했다.

"말씀하시죠."

나는 지금 정신건강의학과의 원장실에 들어와 있었다. 뒷마당에서 다시 앞 현관으로 들어와 3층에 올랐을 때 눈에 익은 여자들이 병원을 나서고 있었다. 간호사였다. 그들은 나를 보고는 당황한 기색을 했다.

"진료 끝났는데요."

두 명 중 앞에선 한쪽이 말했다. 퇴근 시간이 다가오며 고쳐 발랐을 립스틱 색깔이 눈살을 찌푸리게 했다. 인위적인 색은 좋아하지 않는다.

"압니다. 원장님을 좀 뵈려고 왔습니다. 원장님은 퇴근하셨나요?"

여자 둘이서 서로를 마주 보았다. 눈으로 신호를 교환하듯이. 그 태도를 보고 나는 의사가 아직 퇴근하지 않았다는 것을 알 수 있었다. 의사가 먼저 나갔다면 그들은 곧장 선생님도 퇴근하고 없다고 말했을 것이었다.

"계시기는 하는데……. 진료 시간은 끝났어요."

물티슈가 있다면 당장 꺼내 폭압적으로라도 벅벅 닦아 주고 싶게 생긴 입술의 여자가 말했다. 나는 아주 정중한 태도로 대답했다.

"개인적인 일로 드릴 말씀이 있어서 온 겁니다. 선생님 과는 미리 약속했고요."

물론 거짓말이었다. 하지만 그렇게 해야 이 두 명이 납 득할 것 같았다. 그 이유 때문만으로 거짓말을 한 것은 아니었다. 지금 나는 흥분해 있지 않다. 어느 때보다 냉정 하고 차분하다. 내 모든 행동 하나하나는 다 계획된 것이 었다. 간호사들을 만나는 것도 어느 정도는 예상한 상황 이었다.

간호사들은 서로 눈짓을 하더니 "그러세요?" 하고는 고개를 숙이고 지나갔다. 나 역시 그들을 향해 살짝 고 개를 숙이며 인사한 후 복도를 따라 병원으로 향했다. 병 원의 강화유리문 앞에 서서 문이 열리는 버튼을 누르고 안으로 들어갔다.

대기실은 고요했다. 전등을 꺼 어두침침했다. 원장실 쪽을 보니 문 아래쪽의 틈으로 빛이 새어 나오고 있었다. 그는 뭘 하고 있을까? 하루 벌어들인 돈을 정산하고 있을지도 모른다. 어차피 의사라고 해봐야 장사와 다를 것이 없다는 생각이다.

문 앞에 서서 짧게 노크했다. 대답은 한 박자 늦게 돌아왔다. 들려오는 목소리에 의구심이 섞여 있었다. 아무도 없을 텐데 누가 온 건지 이상한 모양이었다. 문을 열었다. 둥그런 눈으로 이쪽을 보던 의사의 눈이 점점 커졌다.

"무슨…… 일이십니까?"

나는 여유롭게 주변을 둘러보며 대답했다.

"해야 할 말이 있어서요."

그러고는 의사의 눈을 똑바로 쳐다보았다.

"들어야 할 말도 있고요."

의사는 적잖이 당황한 듯했다.

"오늘 진료는 끝났습니다."

"진료받으러 온 게 아니라는 걸 알 텐데요?"

나는 의사의 눈을 쏘아보았다. 의사는 한동안 그 시선

을 받고 있더니 낮은 한숨과 함께 앞에 놓인 의자를 가리켰다.

"일단 앉으시죠."

나는 의자에 앉았다. 결국 이 남자와 단둘이 있게 되었다. 이윤기가 "말씀하시죠"라고 하는 소리에 정신을 차렸다.

"내가 무슨 일 때문에 왔는지 아시죠?"

"경찰에 제가 진술한 일 때문에 오신 거죠? 하지만 의사로서 강력 사건이 났을 때, 또한 경찰의 요청이 있을 때는 환자에 대한 신상이나 진료 내용을 공개할 수 있습니다."

그는 내가 따지러 왔다고 생각하는 모양이었다.

"그러시겠죠. 그런데 말이에요. 경찰이 이상한 이야길 하더군요."

무슨 말을 하려는 건지 짐작도 안 간다는 듯 의사가 나를 보았다.

"여자의 목을 찌르고 입술을 잘라내려면 우산을 쓸 수 없었을 것이고, 그렇다면 온몸이 젖었을 거다. CCTV

를 확인한 결과 이 건물에서 나간 사람 중 흠뻑 젖어 있던 것은 제1 발견자인 나밖에 없다고 말입니다."

"그런데요?"

"정말 흠뻑 젖을 수밖에 없었을까요?"

"무슨 말씀을 하시는 건지 도통 모르겠네요."

"그날, 저와 스쳐 지나간 것, 기억 안 나십니까?"

"기억합니다. 저는 화장실을 가던 길이었죠."

나는 의사의 책상 끄트머리를 탕, 내리쳤다.

"그렇죠. 그 시간에 자리를 비운 사람이 한 명 더 있었던 겁니다."

"저는 뒷마당으로 나가지 않았습니다. 우산도 없었고요."

"하지만 화장실에서 뒷마당 쪽으로 창이 나 있더군요. 거기서 불렀다면 어땠을까요? 조금 전까지 자신을 진료한 의사가 부르는데, 가까이 오지 않았을까요?"

"남자 화장실로요?"

"남자 화장실인지 그 여자가 몰랐다면요?"

의사는 혼란스러운 얼굴을 했다. 미간을 찌푸리고 책

상 위의 한 지점을 응시했다. 뭔가를 굳이 보려고 하는 것보다는 생각을 정리하려는 것처럼 보였다.

"선생님은 남자 화장실 안에서 김예주를 불렀어요. 그리고 가까이 온 여자의 목을 찔러 소리를 지르지 못하게 하고 한 손으로 입술을 잡고 다른 한 손으로는 입술을 끊었어요."

"무슨 말도 안 되는 소리를 하는 겁니까?"

"그러고는 김예주의 몸을 확 밀었을 거예요. 그래서 김예주의 몸이 마당 정중앙에 나가떨어진 것이고요."

하, 기가 막힌다는 듯 의사가 숨을 터트렸다.

"무슨 증거라도 있어서 그런 말을 하는 겁니까?"

나는 여유만만하게 눈을 치떴다. 그러고는 그의 가운 가슴팍 부분을 보았다. 처음 봤던 날처럼 다양한 펜들이 가슴팍 주머니 부분에 꽂혀 있었다. 하지만 그때와 다른 점이 있다. 그가 단순히 의료용 도구라도 생각했던 것들이었다. 길쭉한 은색의 그것은 무엇이었을까? 그때는 의사니까 당연히 그런 게 있을 수 있다고 생각했다. 하지만 이제 와 생각해보면 이상하다. 그는 정신과 의사이다. 의료용 도구가 필요할 리 없다. 그것이 수술용 메스는 아니었을까? 그거라면 입술 정도쯤이야 한 번에 잘라낼 수 있다.

그 점을 말하며 나는 부연했다.

"병원 내부 CCTV를 보면 당신 가슴에 나이프가 들어 있다가 없어진 것도 보이겠지. 그렇다면 경찰도 당신을 그냥 두고 볼 수는 없을 거야. 넌 아직도 입술을 어딘가에 보관해뒀을 거야. 난 알지. 굳이 입술을 자른 건 갖고 싶어서고, 그걸 아무 데나 버리진 않았을 테니까. 내가 그날 너와 마주친 이야기를 경찰에게 한다면 경찰들도 너를 좌시하지는 못할걸."

이윤기가 나를 빤히 보았다. 나는 그의 앞으로 얼굴을 내밀며 웃었다.

"너 이번이 처음 아니지?"

8

병원에 들어오기 전 나는 지난 3년간 뉴스에 보도된 살인사건 기사들을 찾아보았다. 그중에 영인시 인근에서 벌어진 기사들을 추렸다. 그리고 다시 밤에 벌어진, 시신 훼손 사건을 골라냈다. 영인시, 제선시, 탄호공원 강변. 모두 가까운 곳에서 벌어진 사건이지만 경찰서 관할 구역으로 보면 다른 곳이다. 연쇄살인 사건이라는 것을 아직 짐작 못 했을지도 모른다. 아니, 나에게 2월 27일의 행적을 물어본 걸 보면 슬슬 짐작해가고 있는지도 몰랐다. 그리고 나는 이제 그들이 내야 할 답을 내 눈앞에 두고 있다.

내 물음에도 이윤기의 얼굴에는 변화가 없었다. 무슨 생각을 하는지 모를 얼굴로 그는 나를 보았다.

"궁금한 게 있어."

이번에도 적막을 깨트리는 건 나였다.

"매번 넌 밤에 일을 벌였어. 당연히 이 병원과는 상관없는 먼 곳에서 했지. 잡히지 않고 싶어서였을 거야. 그런데 이번에는 왜 사람들이 있는 시간에 일을 벌인 거지?"

이윤기는 고집스럽게 입술을 꾹 다물고 있었다. 나 역시 그 말을 가만히 기다렸다. 이윤기의 눈동자가 책상 한 구석 쪽으로 스윽 움직였다. 그곳에는 네모난 상자에 꽂힌 펜이 있었다. 펜촉이 아주 날카롭고 뾰족한.

그는 입술을 끌어올려 미소 지었다.

"낮에는 진료를 해야 하니까 당연히 밤에 해야지. 그러면 인적도 없고 말야."

비 오는 날을 선택한 것도 같은 이유일 거라 확신했다. 게다가 비가 오면 범행의 흔적이 자연스럽게 씻겨 내려간다. 이윤기는 여유롭게 의자에 기댔다.

"자, 그래서 무슨 얘기가 하고 싶은 거지?"

난 이윤기를 보았다. 그가 말을 이었다.

"경찰에 신고하려고 했다면 진즉에 했겠지. 그런데 이렇게 와서 떠보는 건 첫째, 증거가 없다. 둘째."

그는 몸을 앞으로 기울였다.

"그 입술을 갖고 싶다."

그렇게 말한 그는 전광석화처럼 펜을 향해 손을 뻗었

다. 그 펜촉은 곧장 나를 향해 날아왔다. 반사적으로 벌떡 일어서며 그가 앉은 책상을 밀쳤다. 책상에 밀린 이윤기가 뒤로 나가떨어졌다. 나는 그를 향해 달려들었지만 일어서는 것은 이윤기가 빨랐다. 그의 주먹이 내 턱을 가격했다. 뼈가 뒤틀리는 충격과 동시에 그가 내 위에 올라타 나를 제압했다. 내 목을 노리는 펜촉을 쥔 손과 그 손을 막으려는 나 사이에서 몸싸움이 벌어졌다. 나는 가까스로 그의 손을 잡은 채 버텼다. 두 힘이 충돌해 나와 그의 팔 모두 부들거리며 떨렸다. 그가 벌겋게 달아오른 얼굴로 나를 죽일 듯 노려보았다. 악문 입을 열어 나에게 저주를 퍼부었다.

"죽어! 넌 죽어 마땅해. 이게 다 너 때문이거든. 너만 아니었어도 모든 게 다 순조로웠어."

모든 것? 무엇을 말하는 건지 나는 바로 알 수 있었다. 사람을 죽이고 입술을 수집하는 것. 김예주의 사건이 벌어지기 전까지만 해도 경찰들은 영인시에서 꽤 잘나가는 정신건강의학과 의사가 범인이라고 짐작조차 못 하고 있을 터였다. 그러나 병원 건물 뒷마당에서 벌어진 사건 때문에 경찰들의 수사 바운더리 안에 그가 들어갔다. 그런 위험을 감수하고도 왜 일을 저질렀는지 나는 알 것 같았다. 그와 나는 같은 욕구를 공유하고 있다. 그건 나 때문이었다. 그가 갖고 싶은 입술을 내가 탐했기 때문이다. 대상이 김예주라는 건 어떻게 알았을까?

펜촉이 내 목 바로 밑까지 들어왔다. 나는 있는 힘을 다해 그 팔을 밀쳐내고 그 바람에 생긴 그와 나의 사이로 발을 들어 이윤기의 가슴을 걷어찼다. 이윤기가 뒤로 나동그라졌다. 그가 펜을 놓쳤다. 이윤기와 나의 눈이 동시에 그리로 향했다. 그러나 이미 몸을 일으키고 있는 내가 나동그라진 이윤기보다 훨씬 빨랐다. 내 손에 그 펜이 들어왔다. 이윤기가 나를 향해 달려들었지만 나는 팔꿈치로 그의 가슴을 가격한 뒤 조금 전 그가 그랬던 것처럼 이윤기의 배를 깔고 앉았다. 펜촉을 그의 목 밑에 갖다 대자 바르작거리던 이윤기의 몸이 멈췄다.

"어떻게 알았어? 내가 갖고 싶다던 입술이 그 여자의 것인지?"

이윤기가 픽, 웃었다.

"그 여자를 보고 있던 게 너뿐이었을 거라 생각해?"

뒤통수를 맞은 느낌이었다. 김예주의 뒤를 밟았던 것은 나뿐이 아니었다. 김예주가 다니는 병원의 의사이니 이윤기는 당연히 그녀의 주소를 알았을 것이었다. 때를 보고 있었을 것이다. 그녀의 입술을 잘라낼 때를. 그런데 내가 끼어들었다. 병원을 찾아온 나를 보고 마음이 급해졌는지도 모른다.

내 몸에 눌려서인지 이윤기가 가쁜 숨을 토해냈다.

"그래서 뭘 어쩔 거지? 그녀의 복수라도 할 건가?"

나는 그의 눈을 들여다보았다. 그는 정신과 의사이지만 내 마음을 깊이 헤아리지는 못하는 것 같았다.

"그래도 상관없어."

무슨 소리를 하는 거냐는 듯 이윤기가 인상을 썼다. 나는 대답해줄 마음이 없었다. 내 깊은 곳에서 일어나는 차가운 기운이 내 입술을 끌어올렸다.

"어차피 결과는 같으니까."

나는 그대로 펜을 들어 그의 목을 찔렀다. 펜촉 끝에 단단한 것이 닿는 느낌이 들었다. 그가 컥, 하는 소리를 냈지만 비명을 지르지는 못했다. 내가 한쪽 손으로 그의 입을 막은 채 힘껏 누르고 있기 때문이었다. 힘을 주어 펜을 뺐다. 피가 튀었다. 두 번, 세 번. 나는 그의 목에 펜촉을 찔러 넣었다. 몇 번째인지 세지도 못할 무렵, 그의 얼굴이 옆으로 툭 떨어졌다. 나는 자리에서 일어났다. 손으로 피가 묻은 얼굴을 쓱 닦았다. 내 마음은 그 어느 때보다 냉정하고 차분하다.

우울증에 시달리는 환자들이 흘릴 눈물을 위해 책상 한편에 놓여 있는 티슈를 집어 들어 내 손이 닿은 펜대를 신중히 닦았다. 그리고 티슈로 그 펜을 잡아 이윤기의 목에서 쏟아져 나오는 피를 묻혀 그의 손에 올려놓았다.

나는 시체가 되어 버린 그의 몸을 넘어 책상 뒤쪽에 세워진 옷걸이로 갔다. 거기에는 그가 아침에 입고 출근했을 양복 상의가 걸려 있었다. 옷 위를 더듬었더니 지갑이 만져졌다. 그것을 꺼내 들고 신분증을 찾았다. 거기에 적힌 주소를 한참 들여다보았다.

나는 그를 자살로 만들 생각이다. 그와 나눈 대화를

녹음해놓았다. 내가 그가 범인임을 알게 되자 그가 나를 살해하려다 실패한 끝에 자살한 것이라고 말할 생각이다. 어차피 병원 대기실의 CCTV에 원장실로 들어가는 내가 찍혔을 테니 그 정도 스토리는 필요했다. 하지만 그 말을 뒷받침하려면 그 자리에서 경찰에 신고해야 했지만 반드시 할 일이 있었다. 바로 경찰에 신고하지 않은 것은 내가 범인으로 지목될까 봐 두려워서 그랬다고 말할 생각이다. 의심은 들겠지만 증거가 없다면 무죄다.

나는 지금 이윤기의 집 앞이다. 그는 다행히 아파트가 아닌 단독주택에 살고 있었다. 아파트에 살았다면 또 CCTV를 걱정해야 했을 것이다. 어둠이 깔린 이면도로에는 인적이 없었다. 담벼락을 따라 돌아보았다. 헌 옷 수거함이 놓여 있어 그걸 밟고 담을 넘었다. 집 안으로 들어가는 현관문은 열려 있었다. 안은 어두웠다.

나는 안으로 들어가 집 안을 살폈다. 이윤기 역시 언제고 수사의 대상이 될 수 있다는 걸 염두에 두었을 것이었다. 그러니 입술을 떡하니 전시해놓지는 않았을 것이다. 나는 장갑을 낀 손으로 열어 볼 수 있는 모든 문들을 열어 보았다. 침대 밑 서랍과 옷장, 그리고 화장실과 다용도실까지. 물론 벽에 걸린 액자와 그림 뒤를 찾아보기도 했다. 시간은 계속 흘러갔지만 나는 입술을 찾을 수 없었다.

내 온몸은 땀으로 흠뻑 젖었다. 거실로 나와 주변을 다시 살폈지만 뭔가를 숨길 만한 곳은 보이지 않았다. 위험을 감수하고 여기까지 왔는데 포기해야 한다고 생각하니 분노가 치밀었다. 들고 있는 손전등을 바닥에 집어던졌다.

순간 멈칫했다. 뭔가 소리가 이상했다. 나는 손전등이 뒹굴고 있는 카펫 깔린 바닥을 내려다보았다. 그러고는 확신에 사로잡혀 카펫을 걷었다. 확신은 미세하게 나 있는 사각형의 금으로 증명되었다. 작은 손잡이까지 달려 있었다. 거기에 손가락을 넣고 당겼다. 숨겨진 문이 열렸다. 나의 동공이 희열로 확장되는 걸 느낄 수 있었다.

거기에 입술이 있었다. 아니 '입술들'이 있었다. 마치 어렸을 적 곤충채집을 하듯 커다란 유리 상자에 놓여 있는 입술은 총 다섯 개였다. 뉴스에 난 것보다 훨씬 많은 숫자였다. 그러나 다른 것들에는 관심이 없었다. 나는 다섯 개 중 김예주의 입술을 바로 찾아낼 수 있었다. 작은 상처가 있는 아름다운 입술. 내 심장을 뛰게 하는 것은 그것뿐이었다.

나는 조심히 유리 상자를 열어 그 입술을 손에 넣었다. 힘없이 축 늘어지는 살덩이였지만 내겐 그보다 더 큰 의미였다. 나는 거기에 가만히 내 입술을 가져다 대었다. 형언할 수 없는 그 촉감이 나를 그날, 그곳으로 이끌었다.

목이 찔린 채 병원 뒷마당에 나동그라진 김예주를 발견하고 가까이 갔을 때, 그 여자는 눈을 희미하게 뜨고 나를 바라보았다.

"사, 살려주⋯⋯."

입술이 없어진 구멍이 말을 뱉어내었다. 나는 그토록 귀한 입술을 잃은 그녀를 원망스레 노려보았다. 아니 혐오의 감정이 짙었다. 분노했고, 그녀를 가만히 둘 수 없었다. 피가 솟구쳐 나오는 목에 상처 안으로 손가락을 집어넣었다. 그리고 그대로 그녀의 상처를 잡아 벌렸다.

인간의 가죽이 찢어지는 느낌이 선연하게 들었다. 그 안으로 손가락을 넣어 마음대로 근육을 헤집었다. 첫 살인이었다.

'드디어.'

나는 양손으로 입술을 고이 받쳐 들었다. 이제야 겨우 심장에 따뜻한 피가 도는 것 같았다. 나는 웃었다. 가슴이 기쁨으로 가득 찼다.

나의 첫 전리품이었다.

추천의 글

'처음'이라는 단어에는 언제나 설렘과 두려움이라는 양가감정이 녹아 있다. 좀처럼 섞일 수 없을 것만 같은 이 두 가지는 상충하면서도 절대 떨어질 수 없는 묘함을 선사한다. 어떤 것의 시작에 앞서 첫발을 떼고 첫 숨을 들이켜는 일은 그래서 놀랍고 충격적이며, 동시에 한 세계를 그대로 파멸시키거나 전혀 예상치 못한 구원에 이르게 만든다. 시도해보지 않는다면 영영 모를 경험이자 교훈을 이끌어내기도 한다.

《처음이라는 도파민》에 얽힌 네 가지 이야기는 다양한 형태의 도약을 이야기한다. 각기 다른 모양을 가지고 사방으로 튀어가는 이 이야기들 속에서 주인공이 숨기고 기다리고 있는 첫 번째 도약을 발견했을 때의 희열은 마치 폭설이나 폭우를 맞은 듯한 신선한 충격으로 마음 한 구석을 간지럽힌다. 응원과 갈채, 슬픔과 혐오, 분노와 증오 등 형언할 수 없는 단어들이 뒤섞이며 익숙한 듯 익숙하지 않은 새로운 감정을 만들어낸다. 멈춰 있기도 하며 때로는 주저하면서도 결국에는 달려 나가 눈앞의 허들을 넘어내야만 하는 우리들의 모습과도 묘하게 오버랩된다.

난데없이 몰아치는 돌풍과도 같은 이 열정적인 소설을 마주하며, 선택하고 결정하고 지나칠 수밖에 없던 수많은 처음을 떠올린다. 이성적으로 스스로를 억누르는 어떤 순간들과, 감성적으로 더 멀리 나아가고 싶은 마음을 이끌어내는 의지의 대립, 그 사이를 비집고 나온 주인공들이 경험하는 오묘한 감정들의 향연이 당신에게 또 다른 '처음'으로 다가가기를 바란다.

강민영(소설가,《식물, 상점》저자)

처음이라는 도파민
무모하고 맹렬한 모든 처음에 관한 이야기

초판 1쇄 2025년 5월 20일

지은이 김의경·김하율·조영주·정해연
펴낸이 박은영

펴낸곳 마티스블루
주소 서울시 마포구 토정로 222 한국출판콘텐츠센터 402호
등록 2022년 5월 26일 제2022-000147
홈페이지 www.matissebluebooks.co.kr
인스타그램 @matisseblue_books
이메일 matisseblue23@gmail.com
디자인 소요 이경란 **제작** KPR

© 김의경·김하율·조영주·정해연, 2025

ISBN 979-11-992425-0-0 (03810)